Stella Gaitano
Endlose Tage am Point Zero

Stella Gaitano

Endlose Tage am Point Zero
Erzählungen

Aus dem Arabischen übersetzt
von Günther Orth

Inhalt

Der Fluch 7
Landkarten unbekannter Welten 15
Brüste, so groß wie Papayas 23
Der Geruch harter Arbeit 31
Mama, ich habe Angst! 43
Die Rückkehr 51
Hurra, ich bin tot! 63
Abreise nach Kosti 69
Am Point Zero 79
In einer Mondnacht 89
Verwelkte Blumen 93
Eine ganze halbe Leiche 97
Die Flucht vor dem Monatslohn 101

Der Fluch

»Oleir« bedeutet »im Freien«, und so lautete sein Name, denn seine Mutter war gerade beim Brennholzsammeln gewesen, als die Wehen einsetzten. Um sein Dorf herum gab es nur Wald und Himmel.

Eines Tages, der Sechsjährige lag in tiefem Schlaf, türmten sich Wolken auf, die Bäume bogen sich unter dem Sturm und Dunkelheit senkte sich über das Dorf. Halb nackte Frauen räumten Bafrawurzeln und zum Trocknen ausgebreitetes Gemüse in ihre Hütten, warnten sich gegenseitig mit Zurufen und scherzten dabei, andere eilten mit Wasserkrügen auf den Köpfen vom Fluss zurück ins Dorf. Währenddessen saßen die Männer ungerührt unter dem Dach am Tanzplatz im großen Kreis um ein Holzfeuer herum. Sie schwatzten und lachten und sangen Lieder, die sie von ihren Schwestern, Geliebten oder Müttern gelernt hatten und in denen Mut, Kraft und Liebe gerühmt wurden. Zuweilen besangen sie einen der Anwesenden, der dann aufstand, auf den Boden stampfte und seinen Speer durch die Luft schwang, als würde er einen unsichtbaren Feind bekämpfen.

Unweit davon war die Welt der Kinder. Ein Tamarindenbaum lockte sie mit saftig-sauren Früchten, die der Wind herabblies. Manche breiteten die Arme aus, drehten sich um sich selbst und sangen: »Regen, Regen, bring uns Segen! Lass es nicht nur nieseln, lass es heftig rieseln!« Wenn einem Kind schwindlig wurde, fiel es unter allgemeinem Gelächter zu Boden.

An jenem Tag also rannten zwei Freunde von Oleir zu seiner Großmutter und baten, sie möge Oleir aufwecken, sonst werde er die schönen Augenblicke vor dem Regen verpassen und dazu die Tamarindenfrüchte, die jetzt vom Baum fielen. Die Großmutter aber schickte sie freundlich weg. »Man soll Schlafende nicht wecken.« Die Kinder bedauerten, dass ihr Freund beim Festmahl nicht dabei sein würde, und machten kehrt. Sie liefen zum Baum zurück, spielten fröhlich weiter und lachten so laut, dass man es im ganzen Dorf hörte.

Es donnerte noch einmal heftig, und große Regentropfen fielen auf die Kinder, die sich weiterhin freudig im Kreis drehten und dem Regen Lieder sangen, je heftiger es tropfte, umso lauter, als wäre es ihnen zu verdanken, dass der Himmel sein Wasser so herabgoss. Oleirs Freunde wollten ihrem Kameraden seinen Anteil an Tamarindenfrüchten zukommen lassen und sammelten fleißig für ihn mit, während immer dickere Regentropfen auf ihrer Haut zerplatzten und der Wind immer mehr Früchte herabregnen ließ. Das Himmelswesen hinter den Wolken sandte einen Donner nach dem anderen, der die Erde erbeben ließ. Der letzte Knall aber war so ohrenbetäubend, als hätte jemand das Firmament entzweigerissen. Allen im Dorf war klar: Ganz in der Nähe hatte der Blitz eingeschlagen.

Gleich darauf hörte man Frauen schreien. Sie hatten gesehen, wie es den Tamarindenbaum in zwei Hälften zerriss. Eine lag auf der Erde, böse tanzender Rauch stieg darüber auf, die andere stand noch aufrecht, wenn auch mit geschältem Stamm. Zwei Kinder seien vom Blitz getroffen worden, rief eine der Frauen, woraufhin das Dorf zusammenströmte. Verkohlt lagen die Leichen da, die kleinen Hände noch immer um die Früchte geschlossen.

Den beiden Müttern wollten vor lauter Unglück nicht einmal Tränen aus den Augen fließen. Sie schlugen sich auf Brust und Bauch in Kummer um ihre Kinder, die sie geboren und genährt hatten und die der Blitzschlag ihnen genommen hatte.

Als der Himmel sich beruhigte, wie als Zeichen, dass ihm dieses Opfer genügte, holte einer der Männer eine große Trommel und schlug sie in monotoner Weise auf dem Tanzplatz, um damit im ganzen Umkreis Kunde vom Unglück zu geben. Schon wenig später versammelten sich die Bewohner der Gegend in Trauer.

Oleirs Großmutter saß mit gestreckten Beinen auf dem Boden ihrer dunklen Hütte und hielt ihren schlafenden Enkel im Schoß, während sie die Mütter um ihre Kinder klagen hörte und von dem Unglück erfuhr. Sie ließ ein wenig – vom Kautabak schwarzen – Speichel auf Oleirs Kopf tropfen, murmelte dabei mit geschlossenen Augen Segenssprüche und raunte seufzend: »Ich danke dem Schicksal, dass es dich gerade jetzt hat schlafen lassen. Der Schlaf hat dich vor dem sicheren Tod bewahrt. Ab jetzt sollst du dein Leben lang immer dann einschlafen, wenn sich Regen ankündigt.«

Oleir erwachte von den Klagerufen draußen, lief neugierig hinaus und sah, dass große Bananenblätter zwei Körper bedeckten. Er wollte wissen, wer da lag, und rannte darauf zu, Frauen versuchten ihn fernzuhalten, andere klagten nur noch lauter und wälzten sich in Gram auf dem Boden, so als hätte Oleir sie an die beiden vom Blitz erschlagenen Jungen erinnert. Plötzlich fegte ein Windstoß die Bananenblätter fort, und Oleir sah, was er nicht hatte sehen sollen. Er rannte zurück in die Hütte und kauerte sich zitternd in den Schoß seiner Großmutter. Das Bild seiner verbrannten Freunde ging ihm nicht mehr aus dem Kopf. Würde er nie wieder mit ihnen spielen können? Kein *Blinde Kuh* mehr, keine Jagd mehr nach Vögeln auf dem Feld? War es das, was der Tod bewirkte? Noch immer blitzte und stürmte es, und die beiden Leichen schienen bei jedem Blitz zu zucken. Daher veranstalteten die alten Frauen ein Gewitterritual. Sie vergossen Wasser und streuten Erde in alle Richtungen, und die Älteste beschwor die Elemente: »Blitze, haltet ein, Seelen, kommt zur Ruhe! Wisset, dass ihr uns die Herzen gebrochen habt. Genug damit! Geht hinfort und nehmt das Blut eurer Opfer mit euch!«

Tatsächlich beruhigte sich das Wetter, als hätte es die Worte gehört. Das Begräbnis fand unter ehrfürchtigem Schweigen statt, nur Oleir schluchzte noch immer verstört im Schoß der Großmutter, hielt sich gedankenverloren an ihr fest und blickte einer gut genährten Laus nach, die schwerfällig in ihren Rockfalten verschwand.

Ein Jahr später starb die Großmutter, ohne den Zauber, den sie über den Enkel ausgesprochen hatte, gelöst zu haben. Sie nahm das Wissen darum mit ins Grab. Sobald es regnete, sank Oleir daher immer in tiefen Schlaf und niemand kannte mehr den Grund dafür.

Oleir wuchs zu einem kräftigen, mutigen und vergnügten jungen Mann heran. Er tanzte mit Hingabe und wurde so zum Schwarm der Mädchen, die sich alle drängten, sich mit ihm zum Klang der nie ruhenden Trommeln zu bewegen. Zudem konnte er schwimmen wie ein Fisch und auf Bäume klettern wie ein Affe. Er war freundlich und hilfsbereit und bei allen beliebt, ungeachtet der Beeinträchtigung, dass er bei jedem ersten Regentropfen sofort einschlief. War er mit Freunden auf der Jagd und schlief dabei ein, mussten sie ihn auf den Schultern ins Dorf tragen. Seine Mutter ermahnte ihn, immer schnell nach Hause zu kommen, wenn sich Regen ankündigte, doch vergaß er das unterwegs regelmäßig. Sobald er die ersten Tropfen abbekam, schlief er ein und träumte vom Tag des Unglücks, als er sechs Jahre alt gewesen war, Blitze am Himmel gezuckt hatten und der Sturm die Bananenblätter von den Leichen seiner beiden Freunde fortgeblasen hatte.

Um ihm endlich ein normales Leben zu ermöglichen, brachte die Mutter ihn eines Tages zur Dorfheilerin. Als sie deren Hütte betraten, saß diese mit dem Rücken zu ihnen. Ihr Körper war voller Talismane und es roch unangenehm. Oleir sah in einer Kalebasse eine große Schlange liegen, eine andere war voller Blut und unter der Decke saß ein Vogel, der menschliche Laute ausstieß. All das ängstigte den Jungen so sehr, dass er am liebsten davongelaufen wäre. Da aber rief die Heilerin ihn beim Namen und fragte, was er bei Regen fühle. Er erzählte ihr alles. Nun stieß sie furchterregende Geräusche aus, streute Räucherwerk ins Feuer und sprach mit dem Vogel an der Decke in einer rätselhaften Sprache. Der Vogel flatterte los, flog zweimal um Oleir herum und dann ins Freie, bevor er erneut mit der Heilerin sprach. Diese eröffnete Oleirs Mutter, die Großmutter habe ihrem Enkel den Schlafzauber aus Sorge um dessen Wohl auferlegt. Sie solle am nächsten Tag noch vor Sonnenaufgang eine schwarze Ziege und eine milchreiche Kuh bringen, dann werde sie Oleir heilen.

Als Oleir die Hütte der Heilerin verließ, tropfte ihm der Schweiß von der Stirn. Seine Freunde warteten am Tanzplatz auf ihn und fragten neugierig, was herausgekommen sei. Morgen früh werde er geheilt, teilte er ihnen mit. Da freuten sie sich und wollten die gute Nachricht mit ihm im Wald feiern. Sie bewaffneten sich mit Speeren, Äxten und Messern und verließen das Dorf. Die Frauen waren mit Bierbrauen beschäftigt und wollten gespannt auf die Jagdbeute der Jungen warten.

Das Dickicht schloss sich hinter ihnen, und sie stießen immer tiefer in den Dschungel vor, ein Lied von Mut und Tapferkeit auf den Lippen, ohne darauf zu achten, wie weit sie sich vom Dorf entfernten. Immer mehr wilde Tiere tauchten zwischen den Bäumen auf, und die Jungen wurden immer erpichter auf die Jagd. Sie merkten gar nicht, wie Dornen ihnen die Haut aufrissen, und in Erwartung der Jagd wurden sie immer unvorsichtiger. Als sich der Himmel bewölkte, wurde nur Oleir unsicher und entsann sich des Rats seiner Mutter. Er wollte umkehren, aber seine Freunde ermunterten ihn zu bleiben. Er solle sich nicht sorgen, falls er einschlafe. Ohnehin sei es der letzte Tag des Zaubers, und sie würden ihn gern ein letztes Mal auf den Schultern tragen. »Heute ist dafür die letzte Gelegenheit«, meinten sie, und alle lachten.

Während sie weiter durch den Urwald liefen, kamen sie an einen Fluss, der von einem hohen Berg herabströmte und dessen Wasser wild durcheinanderwirbelte. Sie entschieden sich, ihn zu durchqueren, denn auf der anderen Seite vermuteten sie Büffel, Gazellen und Elefanten. Oleir fragte seine Freunde, wie gut sie schwimmen konnten, und verwies auf die heftige Strömung. Einige prahlten mit ihren Schwimmkünsten, andere hingegen gaben sich unsicher. Oleir legte Bogen und Speer beiseite und teilte die Jungen in zwei Gruppen. Die erste Gruppe warf sich in den Fluss, und Oleir schwamm ihnen hinterher, um im Notfall rettend eingreifen zu können, dann schwamm er zurück und tat dasselbe mit der zweiten Gruppe. Schließlich holte er noch seine Waffen. Er hängte sich den Bogen über die Brust, steckte die Messer in den Ledergürtel, griff nach Speer und Köcher und sprang in den Strom. Es wurde dunkel, tief hängende Wolken berührten schon fast die Baumwipfel und der Wind zerrte an den Zweigen. Oleir war besorgt.

Gleich würde es regnen. Über das Rauschen des Flusses hinweg hörte er, wie seine Freunde ihm Mut machten und ihn zur Eile mahnten. Aber sie waren weit weg, denn der Fluss war breit und wild geworden. Noch nervöser wurde Oleir, als tatsächlich die ersten Tropfen fielen. Oleir schwamm mit aller Kraft und ignorierte die Blitze, die den Berg mit bizarren Linien überzogen. Ihm schwanden die Kräfte, während er gegen die Wellen des wilden Gewässers und den Zauber seiner Großmutter ankämpfte. Das Wasser wirbelte ihn umher wie ein Stück Kork, die Glieder wurden ihm schwer und zogen ihn auf den Grund hinab wie Blei. Wieder erinnerte er sich an die Zeit, als er sechs Jahre alt gewesen war. Der Donner dröhnte in seinen Ohren, die Blitze blendeten ihn, und er hörte seine Freunde nicht mehr rufen, sah nicht, wie sie erschraken, als er unterging.

Jetzt war er wieder der kleine Junge, der im Schoß der Großmutter schluchzte und eine Laus in ihren Rockfalten beobachtete, während sie ihn mit Speichel segnete und schützte, sah den von jener Himmelsaxt in zwei Hälften gespaltenen Tamarindenbaum, die bebenden Leichen und das sich auftuende Grab. Der Fluss trug ihn fort, weit weg vom Dorf inmitten von Wald und Himmel und weit weg von trocknendem Gemüse und Bananenblättern.

Landkarten unbekannter Welten

Er spürte den harten Boden, als sie ihn mit einem Stoß weckte. Ob dieser wehgetan hatte oder nicht, konnte er nicht sagen, nur dass er erschrocken war. Er streckte die Glieder, ließ dazu die steifen Gelenke knacken und stützte sich auf. Wie jeden Tag wollte die Müdigkeit nicht von seinen Lidern weichen. Er sah die Landkarte, die das nächtliche Einnässen auf seine Hose gezeichnet hatte. Es sah aus wie die Umrisse eines Landes, in das er gerne einmal reisen würde. Erdkunde hatte er gemocht, bis er die Schule aus Armut schon nach den ersten Klassen verlassen musste. Seine Schwester blickte ihn streng an, um ihm zu bedeuten, aufzustehen. Müde und schwerfällig erhob er sich vom Boden. Dutzende von Kieseln und Steinchen klebten an den nackten Stellen seiner Haut und an seiner Kleidung, die nur wenig von ihm bedeckte. Mit beiden Händen zog er sich die heruntergerutschte Hose hoch, und auch aus dieser regnete Sand auf den Boden.

Er lief auf der Außenseite seiner Füße, um den Schmerz zu lindern, den die Risse in seinen Fußsohlen ihm verursachten, denn er ging immer barfuß. Er lief zur Moschee nebenan und wusch sich träge an einem der Wasserhähne, die dort wie befehlsbereite Soldaten aufgereiht waren. Mit seinen kleinen Handflächen schöpfte er Wasser und goss es auf seine Hose, um die Urinflecken wegzuwaschen. Der Stoff war nun tropfnass, sodass sein Glied sich unter dem Stoff abzeichnete. Er wrang den Stoff aus und stellte sich in die Sonne, damit er trocknete, dann lief er an der Mauer der Moschee entlang zurück. Überall saßen schmutzige Bettler, und er dachte:

Müll muss weggeworfen werden, und wir Armen werden offenbar auf dem Gehweg entsorgt. Kinder litten unter Trachomen und gelbem Ausfluss an den Augen, Alte waren von Lepra verstümmelt. Sie trugen Lumpen, die ihre Scham eher bloßlegten als bedeckten.

Er hörte einen Streit. Natürlich waren es wieder die beiden Jungen, der eine war acht und der andere ein Jahr älter. Niemand wusste etwas Genaues über sie, offenbar waren sie Brüder, aber sie lebten auf der Straße. Sie stritten aus den unsinnigsten Gründen, etwa um Essensreste, die der Größere vom Asphalt auflas. Der Kleinere lief ihm nach. Da er ihn nicht einholen konnte, bückte er sich nach einem Stein und warf ihn ihm hinterher. Nun entblößte ein Riss in seiner Hose sein Gesäß, worüber alle lachten, die es sahen. Immer mehr Schaulustige versammelten sich, um der Verfolgungsjagd beizuwohnen, bis die Brüder in der Menschenmenge verschwanden. Wie jeden Morgen machten sich Unzählige auf den Weg in die Stadt.

Wieder sah seine Schwester ihn streng an, und sein unbekümmertes Lächeln über die Verfolgungsjagd der beiden Jungen erstarb. Sie war zwölf Jahre alt, zwei Jahre älter als er, wirkte aber wegen ihres verkümmerten Körpers wie die Jüngere der beiden. Sie erinnerte ihn an Geschichten von Meerjungfrauen, ein bisschen davon hatte auch seine Schwester, mit dem Unterschied, dass ihr Unterleib wegen einer früheren Kinderlähmung unbeweglich war. Deshalb musste er sie auf dem Rücken tragen, wenn sie durch die Stadt zogen, um sich ihren Lebensunterhalt zu verdienen. Er trug sie durchs Gedränge in Einkaufsstraßen, auf Gehwegen und in öffentlichen Verkehrsmitteln, während sie arglosen Menschen geschickt in die Taschen griff. Dazu zwängten sie sich immer wieder in überfüllte Busse, und nach getaner Arbeit stieß sie ihn an, was hieß, er solle an der nächsten Haltestelle aussteigen, bevor sie aufflogen. Sie bewegten sich so mühsam, dass ihnen das Mitleid der anderen Fahrgäste sicher war und diese ihnen Platz machten. Selbst der Schaffner wagte kaum einmal, sie um Fahrgeld zu bitten.

Streit hatten sie regelmäßig, weil sie ihm vermeintlich nicht genügend von dem gestohlenen Geld überließ, und er erinnerte sie daran, dass er es sei, der sie den ganzen Tag auf dem Rücken trage. Sie erwiderte dann, dass sie das Hauptrisiko trage, indem sie zu ihrer beider Nutzen Leute bestehle. Sie gönnten sich nichts, und oft endete der Streit damit, dass seine Schwester ihn so heftig boxte, dass es wehtat. Was ihr in den Beinen an Kraft fehlte, schien in die Arme gewandert zu sein, und unwillkürlich fragte man sich, wie so eine Hand unbemerkt in die Taschen anderer Menschen gleiten konnte. Zurückschlagen konnte er auch nicht, weil seine Hände um ihre dürren Schenkel gewunden waren. Er konnte nur laut aufschreien und damit drohen, sie zu Boden zu werfen.

»Mach doch!«, erwiderte sie. »Dann bin ich dich wenigstens los, dich und deinen Pissegestank und deine ewigen Unterstellungen!«

Wusste er denn, was sie tat? Sie saß ja immer hinter ihm auf seinem Rücken, stundenlang, sodass sein ganzer Körper taub wurde und die Grenzen zwischen ihnen verschwanden. Sie wurden eins, und er wusste kaum mehr, wo er aufhörte und sie begann.

Mein Verhältnis zu meiner Schwester ist wie das zu meinem Vater, dachte er. Der war auch immer hinter mir, hielt mich an der Schulter gepackt, dass es wehtat, bloß damit er nicht stürzte. Alle seine Gefühle gingen auf mich über: Sorge,

Angst, Freude. Ich war vielleicht sechs Jahre alt. Mein Vater war blind und bettelte, und ich hatte immer Angst vor seinen kaputten weißen Augen und stellte mir vor, dass er damit mich und sonst nichts sehen konnte. Meist vermied ich es, ihn anzusehen, und wusste kaum noch, wie er aussah. Zwischen teuren Autos und unter den Fenstern von Bussen lief ich mit ihm herum, er streckte bettelnd die Hand aus und überschüttete die Leute mit Segenswünschen, ob sie ihm nun etwas gaben oder nicht. Meistens bekam er nichts, und auch seine frommen Sprüche erweichten die Herzen der meisten Menschen nicht. Ich schielte auf die Verkehrsampel und wartete auf den geeignetsten Moment. Wenn sie auf Rot sprang, lief ich zu den stehenden Autos und hoffte, mein Vater würde hier oder da einmal eine größere Münze bekommen. Bei unserem Anblick kurbelten die Fahrer meist eilig die Fenster hoch und rasten bei Grün sofort los, um uns zu entkommen. Selbst dann sprach mein Vater noch seine Segenssprüche. Wie ich ihn dafür hasste! Hätte er mal so viel für uns gebetet, dann ginge es uns längst besser! Im Gegensatz zu ihm verwünschte ich innerlich die Menschen, die ihm nichts gaben.

Schöne Autos waren das, an denen wir bettelten. Ich fasste sie an und wünschte, ich könnte mir auch einmal so eines kaufen. Dann könnte mein Vater sich danebenstellen und Segenswünsche für mich aussprechen. Aber wer würde ihn dann führen? Mein Traum zerrann, doch eines Tages fand ich einen rostigen Blecheimer. Ich nahm den Deckel ab, machte ihn sauber und drehte ihn nach rechts und links. Dabei machte ich Motoren- und Bremsgeräusche, gelegentlich formte ich die Lippen zu einer Tröte und hupte. Ich stellte mir ein großes rotes Auto vor, das ich durch den Verkehr steuerte, während ich aufpasste, mit niemandem zusammenzustoßen. Mein

Vater krallte noch immer seine Finger in meine Schulter, während ich abwechselnd fuhr und anhielt und ihn seine Segenswünsche sprechen ließ, die ich nicht mehr hören mochte. Ich freute mich, wenn ihm jemand eine Münze in die Hand drückte, und ärgerte mich, wenn man uns ignorierte oder Autofenster hochgekurbelt wurden. Daran, wie seine schwere Hand abwechselnd zupackte und lockerließ, spürte ich, was meinem Vater durch Herz und Kopf ging.

Dann kam jener unglückselige Tag, an dem aus meinen Fantasien ein Albtraum wurde. Mein ausgedachtes rotes Auto hielt an der Ampel, als diese auf Rot schaltete, und ich schloss das Fenster nicht vor meinem bettelnden Vater. Ich dachte nur an mein Auto, sodass ich die schwere Hand auf meiner Schulter vergaß. Ich sprang zur Seite, um einem anderen Auto auszuweichen, das mich sonst überfahren hätte. Vaters Hand glitt von meiner Schulter, er suchte mich, drehte sich um sich selbst und tappte irgendwohin. Ein zu schnell fahrendes Auto erfasste ihn.

Hatte ich meinen Vater geliebt oder nicht? Ich fühlte nur, wie mein Herz in meiner Brust hin- und hersprang wie eine Taube beim Schlachten. Sein Blut ergoss sich auf den Asphalt, Reifen quietschten. Da lag sein lebloser Körper, und seine weißen Augen blickten mich nicht mehr an. Noch immer fühlte ich seine Hand in meine Schulter gekrallt. Ich begriff nicht, was geschehen war, und weinte nicht. Noch während Passanten durcheinanderriefen: »Ist er tot? Wer ist das? Ist er blind? Das ist ein Bettler!«, wühlte ich mich durch das Gedränge. Zitternd vor Furcht lief ich weg.

Ich sah meinen Vater sich aus der Blutlache erheben und hinter mir herlaufen. Seine feiste Hand verfolgte mich und wollte mich würgen. Das verdammte Lenkrad hielt ich noch immer in der Hand, der Rost färbte auf meine Hand ab. Ich nahm etwas Scharfes und durchlöcherte den Blechdeckel. Für mich klang es wie zersplitterndes Glas. Ich zerstörte mein Fantasieauto, das den Tod meines Vaters verursacht hatte, und warf es in ein Abwasserloch. Erst als Blasen aus dem fauligen Wasser aufstiegen, hatte ich das Gefühl, mich an dem Stück Blech genug gerächt zu haben.

Ich ging zu unserer Behausung bei der Moschee, und meine Schwester überfiel mich mit der Frage: »Wo ist Vater?«

Die Frage stach mir wie ein Dolch ins Herz, und als wäre es nicht ich, der sprach, hörte ich meine Stimme aus großer Tiefe aufsteigen: »Ein Auto hat ihn überfahren. Aber dafür habe ich mein eigenes Auto zerstört und in den Gully geworfen. Siehst du meine leeren Hände?«

Ich streckte die Finger aus, an denen noch Rostfarbe haftete. Wollte ich meine Schwester trösten? Wollte ich ihr sagen, dass es meine Schuld war? Sie weinte laut, Bettler sammelten sich um sie, und ich versuchte, sie zum Schweigen zu bringen, als fürchtete ich, mir drohe ein Skandal, aber vergeblich. Jetzt erst fühlte ich den Verlustschmerz. Die Leute standen um meine Schwester herum wie zuvor um meinen toten Vater, und wieder verdrückte ich mich und lief besinnungslos durch die Straßen. Meine Füße waren wund gelaufen, bis ich irgendwann wieder am Unfallort stand. Das Blut meines Vaters war getrocknet, sein tiefes Rot wurde von Autoscheinwerfern beleuchtet, Reifen rollten darüber, und allmählich löste es sich vom Asphalt und flog wie ein Bienenschwarm auf mich zu, verfolgte mich, schnürte mir die Luft ab und begrub mich unter sich. Ich entschwand der Welt.

Offenbar spürte seine Schwester das Zittern seiner Hände auf ihren Schenkeln, denn sie fragte ihn nach dem Grund. Er erwiderte nichts. Sie erreichten gerade die Moschee, wo er sie wie einen Sack Lumpen ablegte. Sie aßen ein wenig und schliefen ein. Wieder stritten sie sich, wieder drohte er ihr, da sagte sie: »Geh doch! Glaubst du, ich brauche dich?«

Da wurde er wütend und lief davon. Er lief und lief, ehe das Mitleid die Oberhand gewinnen würde. Niemand wird sie jetzt tragen, dachte er. Sie wird wie eine Schlange über den Boden kriechen müssen.

Er traf auf einige Obdachlose und blieb den Rest des Tages bei ihnen. Sie erzählten sich indische Filme, die sie gesehen hatten, sangen die Lieder nach, imitierten die Darsteller und stritten sich. Schließlich begleitete er sie zu ihrem Schlafplatz und legte sich zu ihnen.

Doch dann dachte er an seine Schwester. Er stand wieder auf und suchte sie dort, wo er sie abgesetzt hatte, doch da war sie nicht mehr. Straße für Straße suchte er nach ihr ab, die Stadt war menschenleer, die Straßen waren so lang, wie seine Trauer groß war, und die Welt war so groß wie die Löcher in seinem Herzen.

Unverrichteter Dinge ging er zurück in seine Unterkunft und fürchtete, dass ihn jemand fragen könnte: »Wo ist deine Schwester?« Aber da lag sie in tiefem Schlaf. Er deckte sie mit einer löchrigen Decke zu, bettete sich neben sie und atmete erleichtert auf.

Am Morgen weckte ihn wieder der vertraute Stoß. Er blickte seine Schwester lange an, stand auf und betrachtete die Landkarten unbekannter Länder, die sich auf seiner Hose abzeichneten.

Brüste, so groß wie Papayas

Alles an ihr erinnerte mich an den Papayabaum im Hof unserer Hütte: ihre Verwurzeltheit, ihre Größe und ihre aufrechte Haltung trotz des hohen Alters. Man musste ihr Gesicht einfach anschauen: die dicken Lippen und den großen Kopf, so riesig, dass man sich hätte daraufsetzen können. Ihre Unterlippe zierte ein Loch, das sie mit einem extra dafür geschnitzten Holzpflöckchen verschloss. Wenn sie es herauszog, rann der Speichel heraus. Aber das Charakteristischste an ihr war die platte Nase, und immer wenn sich jemand über diese lustig machte, sagte sie nur: »Ich kann damit atmen.«

Ihr Ohrloch war so groß, dass ich dadurch bis zum Horizont sehen konnte; vom Ohrläppchen war kaum noch etwas übrig. Auch in der Nase hatte sie ein zusätzliches Loch. Am Unterkiefer schließlich sah man einen guten Teil des Zahnfleischs, denn da fehlten vier Zähne. Ihre Augen wiederum waren rot und von dicken Lidern umschlossen.

Meine Großmutter hatte zudem die außergewöhnliche Gabe, Schmerzen zu ertragen. Einmal war sie in die Büsche hinausgegangen, um ihr Geschäft zu verrichten, und als sie zurückkam, kratzte sie sich an der Ferse. Diese schwoll sichtlich an, aber sie schien keinen Schmerz zu verspüren. Unschuldig fragte ich sie, was sie da habe. Wahrscheinlich sei sie von einer Schlange gebissen worden, erwiderte sie ganz ruhig, nahm ein Messer und schnitt sich damit in die Bissstelle. Bestürzt sah ich, wie schwarzes Blut aus ihren Falten quoll, herabtropfte und eine dunkle Pfütze bildete. War das Blut oder Gift? Nun zerschlug sie einen weißen Stein und bereitete daraus ein

Gegengift, das sie sich in die Falten und in die Wunde am Fuß rieb. Es musste höllisch brennen, aber einen Ausdruck von Schmerz suchte ich in ihrer Miene vergeblich. Plötzlich richtete sie den Blick auf mich, und sogleich rollte ich mich so weit wie möglich ein.

Ich hatte Angst. Ich wollte weglaufen und überlegte, mit welcher Ausrede ich mich aus dem Staub machen könnte. Denn ich kannte meine Großmutter: Wenn sie ein Heilmittel nahm, ganz egal, was für eins, würde sie es mir auch verabreichen. Sonst könnte ich mich ja anstecken! Meine Flucht missglückte, sie packte mich mit ihrer eisernen Faust am Handgelenk. Mit einem Skalpell ritzte sie mir zwei Wunden in beide Handrücken und beide Füße. Noch ehe ich schreien konnte, fuhr mir der Schmerz durch den ganzen Körper, und Blut quoll aus meinen acht Wunden. Da nahm sie das Gegengift und rieb es mir so grob in die Wunden, als wollte sie mir das Steinmehl in die Adern drücken. Während sie mich so misshandelte, sagte sie mit ihrer harten, tiefen, kaum als weiblich zu bezeichnenden Stimme: »So werden es diese Schlingelschlangen gar nicht erst wagen, dich zu beißen. Ab heute wird jede Schlange bei deinem Anblick erstarren und sich erst wieder bewegen, wenn du dich entfernst.«

Und so war es tatsächlich! Ob ich allein war oder mit meiner Großmutter – seit jenem Tag biss uns nie mehr eine Schlange, obwohl überall welche herumkrochen, selbst zwischen den Bäumen und im Gras vor unserer Hütte. Letztere war rund und aus Stroh gebaut. Die Tür war so niedrig, dass man sich beim Eintreten ducken musste, dann ging es noch drei Stufen nach unten. Vom Hüttenboden aus blickte man in das spitz nach oben zulaufende Dach hoch, sodass man kaum noch wusste, ob man drinnen oder draußen war. An die Hütte schloss sich ein Stall mit über dreißig Kühen an, und entsprechend roch es nach Mist, Früchten, Gras – und nach meiner Großmutter.

Hier drin lebten meine Großmutter und ich wie eine Familie. Meine Mutter war bei meiner Geburt gestorben, und mein Vater war bei der Jagd ums Leben gekommen, als eine wilde Büffelkuh ihn mit den Hörnern aufgespießt hatte. Mein Großvater wiederum war hingerichtet worden, weil er seinen Speer einem Briten in den Hals gestoßen hatte. Angeblich hatten ihn dessen Blicke gestört. Seit meinem ersten Lebenstag war ich daher in der Obhut meiner Großmutter, und sie stillte mich, bis ich zehn Jahre alt war. Ihre Brüste waren so groß wie Papayafrüchte, und was sie an frischer Milch hergaben, schmeckte zwar seltsam, aber süß. Ich trank von ihrer Brust, bevor ich die Kühe auf die Weide führte, und wenn ich zurückkam, wollte ich wieder an ihre Papayas.

Eines Tages, ich war acht Jahre alt, kam ich nach Hause und fand meine Großmutter nicht vor. Während ich die Kühe in den Stall brachte, rief ich ein ums andere Mal nach ihr. Vor lauter Sehnsucht nach ihren Papayabrüsten schrie ich schließlich aus Leibeskräften nach ihr. Da antwortete sie aus der Hütte einer Nachbarin, von der uns nur ein Schilfzaun trennte: »Ja, ja, hier bin ich! Bist du schon zurück?«

Als sie endlich kam, standen mir Tränen in den Augen und mit vor Ungeduld stockender Stimme verlangte ich: »Schnell, lass mich trinken!« Sie ließ sich auf der Matte nieder, ich griff gierig nach ihrer Brust, ohne mich um die Nachbarin zu kümmern, die uns auslachte und meine Großmutter dafür tadelte, dass sie einem so großen Mädchen noch die Brust gab.

Meine Großmutter trug nichts als zwei kleine Lederschurze, die unter ihrem Nabel zusammengebunden waren und sie von vorn und hinten bedeckten. Noch bis zu jenem Alter verstand ich nicht, warum sie genau da solche Fellstücke trug und nicht ganz nackt herumlief wie ich selbst.

Als ich zehn Jahre alt war, veränderte sich mein Leben. Meine Großmutter machte auch mir zwei kleine Lendenschurze aus Fell, die ich nun vorn und hinten tragen musste, und von ihrer Brust trinken durfte ich auch nicht mehr. Es war eine schwere Zeit. Nachts konnte ich nicht schlafen, so sehr drängte es mich, an ihrer Brust zu nuckeln, und tagsüber sehnte ich mich danach, wieder nackt herumzulaufen. Es dauerte lange, bis ich diese Bedürfnisse ablegen konnte. Nur manchmal kamen sie zurück, etwa wenn meine Großmutter sich mit ihren Freundinnen mit selbst gebranntem Schnaps betrank und alles um sich herum vergaß. Es war schwer auszuhalten, wenn ihre Trinkgenossinnen nach einem Abend mit Tanz und Gesang heimgingen und sie mit den Toten zu sprechen begann: »Ach Rebekka, meine Tochter! Wenn du nur nicht so viel Angst vor der Entbindung gehabt hättest, wärst du jetzt nicht tot. Und du, Mario! Trotz deiner Angst hast du es auf einen Kampf angelegt, und er hat dich das Leben gekostet! Du aber, mein lieber Mann, bist an deiner Dummheit gestorben!«

Dann wandte sie sich mit schwerer Zunge, geröteten Augen und geschwollenen Lidern mir zu und fragte, wobei das Holzpflöckchen in ihrer Unterlippe hin und her klappte: »Weißt du, wie dein Großvater gestorben ist?«

»Nein, Großmutter.«

Zwar kannte ich die Geschichte fast auswendig, aber ob ich nun Ja oder Nein sagte, spielte keine Rolle, denn nun würde ich sie ein weiteres Mal hören. Mit schwerer Zunge presste meine Großmutter die Worte umständlich und undeutlich hervor, und sie klangen, als kämen sie aus einem Tonkrug oder würden in großer Entfernung gesprochen. »Dein Großvater hat in der Kolonialzeit einen Engländer getötet und wurde dafür vom Gericht zum Tode verurteilt. Das wusste er aber nicht, denn das Urteil erging nur schriftlich. Und so lief er selbst zur Vollstreckung des Urteils, noch dazu einen weiten Weg. Dein Großvater war so dumm, dass er sich sogar darüber freute, dass die Engländer ihm ein Schriftstück aushändigten. Er solle es doch bitte diesen und jenen Leuten überbringen. So steckte er das Schreiben zwischen zwei Schilfrohrhälften, damit es nicht schmutzig wurde, und bastelte sich eine Fahne, die er mit sich trug, ohne zu ahnen, dass sie seine Todesfahne sein würde. Kaum war er angekommen, wurde sein Todesurteil vollstreckt. Er starb mit einem Ausdruck von dummem Staunen im Gesicht.«

Dann lachte sie hysterisch, stellte dieselbe Frage erneut und erzählte mir die ganze Geschichte von vorn. Erst als die Pausen immer länger wurden, zuerst zwischen ihren Sätzen, dann zwischen den einzelnen Wörtern und schließlich zwischen den Silben, schwieg sie schließlich. Dann beweinte sie die Toten ebenso hysterisch, wie sie zuvor noch über sie gelacht hatte; Tränen strömten ihr über die Wangen, sie schnaufte, und bald ging ihr Schnaufen in ein lautes Schnarchen über, von dem die Wände unserer Hütte wackelten.

Jetzt durfte ich mich endlich freuen, bot sich mir doch nun Gelegenheit, mir das zu holen, was mir genommen worden war, ohne dass meine Großmutter mich mit ihrer Männerstimme wütend wegschicken würde. Sie lag alle viere von sich gestreckt da, sodass auch der Schurz nichts mehr von ihrem massigen Körper bedeckte. Ich nahm ihr die Lederstücke ab und warf sie weit weg, griff nach ihrer dicken Brust und nuckelte gierig daran. Im ersten Moment schmeckte sie salzig – nach den Tränen, die herabgefallen waren. Doch das hielt mich nicht davon ab, ihren mir so lieb gewordenen Saft zu trinken. Draußen donnerte es, es regnete heftig auf das Strohdach, aber ich ignorierte den Protest der Natur. Ich lebte nur in meiner Welt, die aus einem Milchsee in der Größe einer Papaya bestand, aus alt und faltig gewordenen Brüsten, die allmählich versiegten und bereits bis zum Nabel herabhingen.

Eines Tages, ich war mittlerweile fünfzehn Jahre alt, lief ich mit meiner Großmutter zum Fluss, um Wasser zu holen. Wir gingen auf einem Trampelpfad durch hohes Gras, das uns bis zur Hüfte reichte. Großmutter trug einen großen schwarzen Tonkrug auf dem Kopf, den sie mit der linken Hand festhielt, sodass ihre von Schweiß gerötete Achselhöhle zu sehen war. Währenddessen sah ich durch ihr Ohrloch den Horizont, zählte ihre Altersstreifen und betrachtete ihren Bauch und die lang herabhängenden Brüste. Wenn letztere auf ihren Bauch prallten, erzeugten sie ein Klatschen wie beim Tanzen. Anders als sonst war sie gedankenverloren und schweigsam. Ich versuchte, Schritt mit ihr zu halten, aber plötzlich blieb sie stehen: Vor uns lag eine bunt gefleckte Schlange, die von ebenso farbenfrohen Schmetterlingen umtanzt wurde.

Ich war überrascht und fragte sie neckisch: »Seit wann bleibt meine Großmutter wegen einer Schlange stehen?«

Sie seufzte tief, und zum ersten Mal sah ich traurige Angst in ihrem faltendurchfurchten Gesicht. Sie sagte: »Diese Schlange kündet von Unglück.«

Wir liefen weiter, und schweigend wartete ich darauf, dass sie weiterredete. Als ich die Hoffnung schon aufgab, sagte sie endlich: »Weißt du, dass ich vor einigen Tagen deinen Großvater gesehen habe?«

»Im Traum?«

»Nein, in Wirklichkeit!«

»Wie denn, Großmutter?«, fragte ich. »Er ist doch schon lange tot.«

»Ich sah ihn in Gestalt eines Krokodils«, erklärte sie.

Unwillkürlich lachte ich leise, hielt aber an mich, als ich ihr ernstes Gesicht sah. »Woran hast du ihn erkannt?«

»An seinem leichten Hinken und ein paar anderen Dingen, die nur ich an ihm kenne. Da wurde mir klar, dass wir nicht sterben, sondern uns nur in etwas anderes verwandeln, ohne unsere Eigenheiten dabei zu verlieren. Bloß unser Gedächtnis bleibt uns nicht erhalten. Seit dein Großvater ein Krokodil ist, kennt er mich nicht mehr.«

»In was möchtest du dich nach einem langen Leben verwandeln?«, fragte ich.

»In einen Adler. Aber ich weiß nicht, ob es mir beschieden sein wird.«

Seit meine Großmutter tot ist, habe ich eine ausgeprägte Beziehung zu Adlern. Wenn einer am Himmel kreist, suche ich nach etwas, woran ich meine Großmutter erkennen könnte; zum Beispiel ihre papayagroßen Brüste. Und ich frage mich, ob ihre Milch immer noch salzig schmecken würde.

Der Geruch harter Arbeit

Fahles Licht fällt in das Gefährt, das seine besten Tage längst hinter sich hat. Kaum ist noch auszumachen, wie es ursprünglich einmal ausgesehen hat; sein Erscheinungsbild ist dasselbe wie das aller anderen Fahrzeuge, die Laien in Werkstätten am Stadtrand zusammenbasteln. Von außen betrachtet ist es ein mittelgroßer Lastwagen, für die Passagiere darin hingegen ein Bus, denn auf die Ladefläche wurden schmale Sitze montiert, so eng hintereinander, dass größere Leute die Beine anziehen müssen. Der Fahrer sitzt getrennt von den Fahrgästen im Führerhaus. Wie ein dröhnendes Schnarchen klingt der Motor und kündet davon, dass er jederzeit ausfallen könnte. Durch das Auspuffrohr entweicht schwarzer Rauch, der sich zu einer dicken, dunklen Wolke ballt. Ein kleines Fenster hinter dem Fahrer gibt den Blick auf seinen Kopf frei. Womöglich hat er selbst irgendwann die Glasscheibe zertrümmert, die ihn sonst komplett vom Fahrgastbereich abschirmen würde. Die Insassen sehen seinen Hals und seine von Sonne und Plackerei gegerbten Ohren. Bei einfallendem Licht treten Stoppeln an seinem unrasierten Kinn und seinen Wangen hervor, fein und spitz wie feinste Kakteennadeln, die nur darauf aus zu sein scheinen, jemandem in die Haut zu stechen.

Weil das Haltbarkeitsdatum des Vehikels überschritten ist, steuert der Fahrer es ausschließlich in der zweiten Nachthälfte, dann, wenn das Gesetz in der Annahme schlafen gegangen ist, dass sich die braven, vermögenden Bürger in ihren schönen Häusern zur Ruhe gebettet haben. Dieser Bus ist für nächtliche Fahrgäste da, für Obdachlose, Straßenhändler und vielleicht ein paar verträumte Intellektuelle. Ihre Körpergerüche füllen das Fahrzeug, es riecht nach Arbeit, die ohne Staat auskommen muss.

Als Letzter zugestiegen ist Abbakar. Er musste rennen, um es noch hineinzuschaffen, Schweiß und Öl tropfen an ihm herab, er riecht nach Benzin und Wagenschmiere, dass es einem den Atem verschlägt. Sein Overall hat durch die vielen Benzinspritzer jede Farbe verloren. Obwohl er noch ein halbes Kind ist, arbeitet er, um Mutter und Geschwister zu ernähren.

In der ersten Reihe, gleich neben der Tür, sitzt Hajja Amna in ihrer ganzen imposanten Erscheinung. Den Titel der Hajja führt sie, ohne je auf Pilgerfahrt gewesen zu sein. Schwer ist ihr Körper und schwer geht ihr Atem, und sie riecht nach allem, was sie verkauft und womit gute Hausfrauen zu Hause kochen: Peperoni, Knoblauch und unergründlichen Gewürzen. All das liegt in ihrem mehrfach mit Streifen von Zuckersäcken aus Nylon geflickten Palmblätterkorb. Amna gibt sich gebildet und beteiligt sich an den komplexesten Diskussionen, immerhin hört sie viel Radio. Ihr vermeintliches Wissen tut sie kund, indem sie schlichteste Aussagen mit »ich denke«, »ich glaube« oder »meines Erachtens« einleitet. Ihre Kundschaft besteht im Wesentlichen aus mürrischen Beamten, frustrierten Intellektuellen und aufgebrachten Studenten, aber auch aus Straßenkindern, die sie »ihre Kinder« nennt, denn einmal haben sie sie vor einer Polizeirazzia gegen Straßenhändler und Tee- und Essensverkäuferinnen bewahrt.

An jenem Tag hatte sich jedes der Kinder eines ihrer Gefäße geschnappt und war damit vor der Polizei in die Gassen der Stadt geflüchtet. Als die Beamten zu ihr kamen, saß sie auf ihrem alten Holzschemel wie eine Königin, die aus einer anderen Zeit zu stammen schien. Die Polizisten prügelten wahllos auf Leute ein, konfiszierten Kübel und Hocker und verhafteten alle, derer sie habhaft wurden, während Hajja Amna dasaß, als ginge sie das alles nichts an. Sie stocherte mit einem Streichholz zwischen den Zähnen herum und spuckte den Ordnungshütern vor die schweren Stiefel. Als die unsägliche Polizeiaktion, im Volksmund *Kasha* genannt, vorbei war, beklagten die Händlerinnen ihr Schicksal, während die Straßenkinder eines nach dem anderen wieder auftauchten und Amna ihre Gefäße und Körbe gefüllt zurückbrachten. Die Frau belohnte die Kinder, die sonst nur das aßen, was andere Leute übrigließen, mit einem Festmahl, das sie sich nicht hätten träumen lassen. Es gab Tagaliya, gekocht aus getrockneter Okra, mit Asida-Mehlbrei, zum Nachtisch Pfannkuchen mit Dickmilch und darübergestreutem Zucker.

Doch Amna kann auch jähzornig sein, reden wie ein Maschinengewehr und ihren Wortschwall mit einem in Richtung der Zuhörenden ausgestreckten Mittelfinger und einem »Ihr könnt mich mal!« beenden. Dann hat sie das Gefühl, es allen gezeigt zu haben. Wenn sie die Wut überkommt, sind ihr die gesittete Ausdrucksweise der Gebildeten und die poetischen Phrasen der Studenten zu sanft.

Was Amna unverwechselbar macht, sind die Narben auf beiden Wangen, jeweils drei an der Zahl. Sie sind dunkler als die übrige Haut. Außerdem sind ihre dicken Lippen mit Tätowierungen übersät. Wenn Schweiß sich auf ihrem Gesicht sammelt, strömt er über eine jener Wangenfurchen wie ein üppiger Sommerregen herab. Doch Amna sieht dabei nicht traurig aus.

Nafuni wurde vom Krieg aus ihrer Heimat im tiefsten Südsudan vertrieben. Sie riecht nach Erdnussbutter, bei schwacher Hitze getrocknetem Fleisch und gepökeltem Fisch, nach allem, was ihr aus dem Land der Wälder und Flüsse geschickt wird, wo sie einst zu Hause war. Ihr Duft weckt den Appetit der Mitfahrenden, die all diese Speisen gut kennen, denn wenn Menschen flüchten, bringen sie ihre Rezepte, Sitten und Erinnerungen mit. Nafunis Haare sind in ein grellbuntes Kopftuch gebunden, nur die Ohren ragen darunter hervor wie Kükenflügel. Wenn sie sich freut, lacht sie ein glucksendes Lachen, ebenso schimpft sie glucksend, wenn jemand sie aufzieht, zum Beispiel wegen ihres dunklen Zahnfleischs. Unablässig fertigt sie Decken mit Karusheh-Nadeln und macht bunte Suksuk-Perlenstickereien, aus denen Halsketten und Armbänder entstehen.

Der kleine Tiyya mit den gewaltigen Muskeln, der auf dem Markt Säcke trägt, riecht nach frisch geerntetem Weizen, ist immer in Bewegung und gut gelaunt. Fast ununterbrochen trällert er das Lied von der schönen Zannuba zur Rabab-Geige, die neben ihm einen eigenen Platz hat. Die Fahrgäste singen gerne mit, denn sie haben es noch weit bis in ihre abgelegenen Wohngebiete. Wenn Tiyya die einzige Saite des Instruments streicht, bringt er die schönsten Melodien hervor, so verkürzt er den Mitreisenden die Fahrt und vertreibt ihnen das Gefühl von Bitterkeit, Überarbeitung und Entrechtung. Dazu wackelt er rhythmisch mit dem Kopf samt den Strohfasern und Lehmklümpchen in seinen Haaren. Er lacht schallend, wenn Amna zu seiner Musik einen Karnaq-Tanz versucht, bei dem man kräftig mit den Füßen auf den Boden stampft. Mit ihren steifen Gliedern, ihrem Übergewicht und ihrem hohen Alter erinnert sie dabei an einen Affen. Sein Gelächter ärgert sie, sie zeigt ihm den Mittelfinger und lässt sich schwer atmend wieder auf den Sitz fallen. Tiyya überlässt sie nicht ihrem Groll und animiert sie zu einem weiteren Tänzchen, bis sie sich wieder erhebt und es noch einmal versucht. Tiyya tanzt mit ihr, und so stampfen beide im Rhythmus des Liedes auf das alte Blech des Lastwagens. Alle klatschen mit, es wird gekichert und laut gelacht. Nur der Fahrer ist mürrisch wie immer. Abrupt bringt er sein Fahrzeug zum Stehen, steckt den Kopf durch die Öffnung ohne Scheibe und beschimpft seine Fahrgäste als Betrunkene und Verrückte. Kaum hat er sich wieder umgedreht, um die Fahrt fortzusetzen, schnellt Hajja Amnas Mittelfinger hinter seinen Ohren wie ein Speer in die Höhe.

Die junge, verspielte Samira geht im Fahrzeug auf und ab und ärgert alle, indem sie ihren Kaugummi im Mund platzen lässt. Dabei verzieht sie keck die Lippen und stellt so eine Weiblichkeit zur Schau, für die sie Jahre zu jung ist. Aber eine natürliche Entwicklung blieb ihr verwehrt, denn sie wurde als Hausmädchen vergewaltigt. Ihre Stimme ist so unüberhörbar wie eine Schulglocke, und ihr Spott verschont niemanden, denn außer Gott, sagt sie, fürchte sie niemanden. Keiner wagt es, sie zu reizen, denn von einem Moment auf den anderen kann sie sich in einen wütenden Wirbelsturm verwandeln. Dann schlägt, schimpft oder heult sie hysterisch, bis sie kraftlos zu Boden sinkt. Ihr Gesicht ist ein Schlachtfeld verschiedener Farben. Das Braun ihrer Haut wird von billigen Aufhellungscremes so überlagert, dass man ihre Züge kaum erkennt, aber sie eifert nun einmal dem Ideal weißer Schönheit nach. Sie riecht nach gerösteten Melonenkernen, Erdnussgebäck und anderen überzuckerten Süßigkeiten, wie sie hier in grellen Farben hergestellt werden. Zudem riecht sie immer nach ein oder zwei Männern ...

Danyal ist ein typischer Mann aus dem Süden und so groß, dass er an das Dach des Busses heranreicht. Auf der Stirn trägt er wie eine Krone parallel ausgerichtete Streifennarben, mit denen er zum tapferen Stammesmann erhoben wurde. Er sitzt still zwischen seinen Freunden Rahma und Said, deren Jugend niemand geschont hat. Sie riechen nach Zement, Wandfarbe und nasser Erde. Die Arbeit in der Stadt hat sie erschöpft, die Gebäude sind ihnen zu hoch, und Fragen gehen ihnen durch den Kopf: Wann wohl werden ihre von Krieg, Flucht, Krankheiten und Hunger gezeichneten Dörfer so aussehen wie das in Licht und Wohlstand erstrahlende Khartum?

Der Jüngste im Bus ist der zwölfjährige Rambo. So nennt er sich selbst nach dem Filmhelden, den er einmal im Kino, unter einem Stuhl versteckt, gesehen hat. Ein Held mit Maschinengewehr, der gegen die Bösen kämpft und die Unterdrückten rettet. Rambos Aufgabe im Bus ist es, den Fahrpreis zu kassieren. Seine Kindheit schwimmt in einem Papierboot im Meer der Armut, die ihn dazu zwingt, für sich und seine jüngeren Geschwister zu sorgen. Von seinem verschwundenen Vater spricht er im Legendenton; Rebellen im Süden hatten ihn jahrelang gefangen gehalten, und als ihm endlich die Flucht geglückt war, töteten ihn seine eigenen Kameraden von der Armee, weil sie ihn selbst für einen Rebellen hielten. Die Regierung nannte ihn einen Märtyrer und versprach, dass seine ganze Familie ins Paradies kommen werde! Rambo plappert die Meldungen so nach, wie er sie in den Nachrichten gehört hat. Er klammert sich an große Hoffnungen wie das Paradies, und weil er so jung ist, will ihm kein Fahrgast widersprechen und ihm die bittere Wahrheit mitteilen, dass der Krieg ein Krieg gegen alle ist und dass niemand ins Paradies kommt, weil er einen Mitmenschen getötet hat. In kindlichen Worten erzählt Rambo von seinem Vater, als erzähle er ein zu hart geratenes Märchen. Und immer trägt er dieselbe schmutzige Mütze, die verdecken soll, dass er wegen einer Krankheit lauter kahle Stellen am Kopf hat.

In der hintersten Reihe sitzt ruhig und verträumt Ramadan, den alle mit *Effendi* ansprechen wegen seiner wundersamen Sprache, die niemand einordnen kann, die aber schön und hoffnungsvoll klingt. Er ist elegant und sauber gekleidet, auch wenn seine Kleidung von der Sonne, vom vielen Waschen und vom Schweiß ausgebleicht ist. Er riecht nach Büchern und Zeitungen sowie nach Kautabak. Am meisten fürchtet er sich davor, an Cholera, Malaria oder schlechtem Anisschnaps zu sterben. Ohne Buch oder lose Blätter in der Hand ist er selten zu sehen, und aus seiner Hemdtasche ragt stets ein Kugelschreiber. Mit Rambo liegt er immer im Streit, denn er hat fast nie Fahrgeld dabei und muss sich dann bei Samira eine Süßigkeit borgen, mit der er den Jungen besticht. Gern doziert er von einer Welt, in der Gerechtigkeit herrscht, und von Ländern, deren Bewohner sich gegenseitig respektieren, weil sie von rechtschaffenen Herrschern regiert werden und in denen es deshalb keine Kriege gibt und niemand traurig sein muss.

In einer Ecke sitzt einsam ein Einzelgänger, den alle den *Derwisch* nennen. Sein Langhemd ist mit bunten Flicken übersät, und er lebt in einer Welt weit weg vom Hier und Jetzt, wo zu viele Fragen unbeantwortet bleiben. Zwar sieht man ihm an, dass er nicht ganz normal ist, doch scheint er zugleich im Reinen mit sich zu sein, so als stünde er sicher auf einem Seil, das über einen Abgrund gespannt ist. Eine rostige Kanne trägt er ebenso bei sich wie eine Gebetskette aus kleinen Holzkugeln. Wenn alle in Groll und Frustration versinken, begnügt er sich damit, unhörbar vor sich hin zu murmeln und sich dabei über allen Schmerz zu erheben.

Der Bus schleicht dahin, seine schwachen Scheinwerfer erhellen kaum die Straße, aber seine Insassen stehen für Lebenswillen und ihre Gerüche führen einen lautlosen Wettstreit ohne Gewinner und Verlierer. Es riecht nach schwer arbeitenden Menschen, deren Tätigkeit sie dennoch kaum satt macht. Ihre Gerüche wollen einander nicht neutralisieren, sondern vereinen sich zu einem Ganzen. Das Gefährt wankt über Straßen, die immer holpriger und finsterer werden, je weiter entfernt sie vom Stadtzentrum liegen. Es will die Mitfahrenden in den Schlaf wiegen, müde genug sind sie allemal, aber einzuschlafen trauen sie sich nicht, um nichts zu verpassen, ob den Ausstieg, eine von Hajja Amnas hitzigen Diskussionen oder eines der gemeinsam gesungenen Lieder.

Jetzt scheppert der Bus über den Nil, der die Stadt vom Umland trennt, den Wald aus Betonhäusern von den Lehmhütten, das Licht von der Dunkelheit, Wohlstand von Armut, Gesundheit von Krankheit. Mitten auf der Brücke nimmt Tiyya seine einsaitige Geige zur Hand und stimmt die Nationalhymne an. Alle fallen zuerst leise, dann immer lauter ein, bis sie wie ein Soldatenchor bei der Rückkehr aus einem Krieg klingen, und jeder möchte besonders deutlich singen. Hajja Amnas Duft speist sich aus Sandelholz, Nelken, Orangenschalen und Lammfett. Sie will diejenigen, deren ländlicher Dialekt die feierlichen Worte entstellt, zur richtigen Aussprache anleiten, scheitert an der dröhnenden Mauer aus Gesang und reckt allen den Mittelfinger entgegen, aber die obszöne Geste verliert sich im allgemeinen lauten Applaus. Der Bus lässt die Stadt zurück und fährt in die Finsternis, in der seine Fahrgäste wohnen.

* * *

An jenem unglückseligen Tag aber erfuhren sie vom Tod jenes Mannes, der ihre Revolution angeführt und in den Wäldern jahrzehntelang für ihre Träume und Hoffnungen gekämpft hatte. Durch John Garang hätte das Land der Gerechtigkeit, von dem der Effendi immer sprach, womöglich Wirklichkeit werden können. All diese Hoffnungen waren nun zusammen mit dessen Helikopter an den Bergen zerschellt. Der altersschwache Bus umarmte die Mitfahrenden zärtlich, als wolle er sie trösten. Ein unerbittliches Schweigen lastete auf ihnen, während sich Wut in ihren Herzen aufstaute. Jeder von ihnen hörte in Gedanken die Stimme des geliebten Anführers, die ihnen so viel versprochen und so viel Hoffnung auf eine strahlende Zukunft verheißen, ihnen die Kraft gegeben hatte, weiterzuleben und Tod und Hunger zu widerstehen. Jeder Einzelne von ihnen glaubte, persönlich gemeint gewesen zu sein mit den Aussichten auf Rechte, auf die Verwirklichung von Träumen. Es war, als hätte John Garang zu jedem Einzelnen von ihnen gesagt: »Ich bin gekommen, um euch von all dem Unrecht zu befreien, weil ihr es wert seid!« So hatten sie ihren Träumen freien Lauf gelassen, Träumen, die nun in Trümmern lagen, die sich in nichts auflösten ...

Der Fahrer hielt noch immer das Lenkrad umfasst und transportierte die zerbrochenen Träume, die Trauer und die Wut seiner Fahrgäste. Noch ahnte niemand, was ihnen bei der Gewaltwelle, die auf die Nachricht vom Tod des Anführers folgen sollte, widerfahren würde. Es war eine ungewöhnliche Trauer; viele Menschen schienen mit der Seele des Verstorbenen auf dem Weg zum Himmel wetteifern zu wollen. Sein Tod war so unverständlich wie die Verbrechen, die er nach sich zog: Mord, Gewalt, Zerstörung, Vergewaltigungen, Spaltungen, Feuer ... Waffen und Zorn herrschten in den Straßen.

Der Bus kroch über die Brücke. Kein Tag, keine Strecke war jemals so lang gewesen. Kaum jemand hatte etwas verkauft. Tiyya nahm träge seine einsaitige Geige zur Hand und stimmte erneut die Nationalhymne an, die die anderen leidenschaftslos mitsangen, bis sie in kollektives Weinen und Schluchzen mündete. Der Tod hatte ihnen jäh die Zuversicht genommen. Alle trauerten still für sich und Hände suchten Trost in den Händen anderer. Das Schweigen wurde vom Dröhnen des Busses übertönt, dessen Zeit längst abgelaufen war. Der Effendi raschelte mit Blättern, die er wie besessen vollschrieb, als wollte er Rache üben an denen, die ihnen allen die Hoffnung genommen hatten, als wollte er sein Leid kundtun, als schriebe er ein Weinen. In Gedanken versammelte er alle um sich und ließ sich von ihnen ihre Hoffnungen mitteilen, um sie aufzuschreiben. Es entstand ein langer Brief, ein Brief mit unbestimmtem Adressaten, aber immerhin eine Botschaft. Er warf einen Blick auf Hajja Amna, deren Lachen einem Tränenstrom Platz gemacht hatte. »Warum musstest du gehen, unser Geliebter?«, rief sie. »Hatten wir nicht unsere Träume beinahe schon Wirklichkeit werden sehen? Wie gern hätte ich meinen alten Korb, mein Leid und mein Elend hinter mir gelassen, um den Rest meiner Tage nahe bei meinen Kindern zu sein, die ich wegen meiner harten Arbeit kaum sehe! Ich breche auf, wenn sie noch schlafen, und wenn ich zurückkomme, schlafen sie längst wieder. Ich betrachte sie in ihren Betten und sehe, wie sie gewachsen sind. Ich ziehe sie groß wie Bäume: Ich gieße sie ein wenig und überlasse alles Weitere der Natur. Ich fürchte nur, eines Tages zu entdecken, dass sie keine Früchte tragen. Ach, wie gern würde ich tatsächlich zu Gottes Haus pilgern, um meinen Titel zu Recht zu tragen! Ist es denn zu viel verlangt, solch bescheidene Träume zu haben? Müssen wir dafür ein solches Unheil ertragen?«

Nafuni war in Gedanken versunken. Ihre perlweißen Zähne blieben hinter zusammengekniffenen Lippen verborgen, unter ihrem Kopftuch ragten nur ihre Ohren heraus. Tränen hatten salzige Streifen auf ihren Wangen hinterlassen. Sie häkelte etwas Undefinierbares, ihre Finger führten die Fäden nervös umeinander, und in ähnlicher Weise verhedderten sich ihre Gedanken bei der Frage: »Warum er? Warum musste er sterben?« Eine Werkstatt hatte sie aufbauen wollen, um Frauen das Stricken, Sticken und Färben von Stoffen beizubringen, um afrikanische Kleider zu kreieren. Als auch sie dem Effendi ihre Träume berichtet hatte, hatte die Wolle in ihrer Hand die Form eines Gewehrstumpfes angenommen.

Rambo stellte sich vor ihn hin und ließ seine kleinen Finger knacken. Der Effendi möge bitte den Fahrpreis entrichten. Dann erzählte er ihm, wie gerne er wieder zur Schule gehen, seinen Haarausfall behandeln lassen würde und das kleine Boot wiederhätte, das verloren gegangen war, nachdem er zum Ernährer seiner Familie bestimmt worden war. Er bat zudem

Rahma, Danyal und Said, die von sauberen, hellen und lebenswerten Städten träumten, zu bezahlen, ebenso wie Samira, die liebend gern eine helle Haut gehabt hätte, um vermeintlich besser auszusehen. Sie träumte davon, lesen und schreiben zu lernen, nur um die Welt der Schönheit zu erkunden und andere mit ihrem Aussehen zu beeindrucken. Als Rambo den Derwisch ansah, füllte sich dessen Bart mit Tränen, während er Beinamen Gottes vor sich hin murmelte.

* * *

Plötzlich schaukelte der Bus nach rechts und links. Soeben hatte das Herz des Fahrers aufgehört zu schlagen, sein lebloser Fuß blieb auf dem Gaspedal stehen, und das Gefährt rollte führerlos weiter, bis es von der Brücke stürzte. Der Bus fiel in den Nil, der, ungerührt vom Todeskampf der Fahrgäste, ruhig weiterfloss.

Bei Tagesanbruch sammeln sich, wie könnte es anders sein, Schaulustige auf der Brücke. Alle Blicke sind auf die Wasseroberfläche gerichtet, wo Hajja Amnas Korb mit den Essensschüsseln verkehrt herum schwimmt. Nafunis Kopftuch treibt auf dem Fluss ebenso wie Rambos Mütze und Samiras Schminkkasten. Dann schwimmen da noch der Teekessel und die Gebetskette des Derwischs wie auch der Kugelschreiber des Effendi und sein unvollendeter Brief. All ihre Habseligkeiten dümpeln dahin und werden zum Spielzeug der Wellen.

Unerbittlich brennt die Sonne und lässt das Wasser an der Oberfläche verdampfen, Dunst steigt auf, als wäre der Nil eine heiße Suppe, die überzukochen droht. Das Schicksal hatte sie auf kleiner Flamme gekocht, Brennstoff war ein ganzes Land, Zutaten waren die Hoffnungen eines Volkes, und das Aroma bilden die Gerüche der verschiedenen Berufe.

Mama, ich habe Angst!

Sie freute sich wie ein Kind. Und diese Freude war von keinerlei schlechten Gedanken getrübt, als sie die finanzielle Entschädigung für ihren im Krieg getöteten Mann entgegennahm. Mit einem strahlenden Lächeln ließ sie sich am Bankschalter den Gegenwert für die Dienste ihres Gatten im Kampf auszahlen und stellte sich bereits das Glück ihrer Kinder vor, wenn sie ihnen ein paar bescheidene Wünsche erfüllen würde. Ihr Kopf und ihr Herz lieferten sich ein Wettrennen mit ihren Beinen, während sie überlegte, wofür sie das dringend benötigte Geld ausgeben würde. Als Erstes würde sie das Schulgeld entrichten und dann für einen ganzen Monat Mehl, Öl, Zucker, Seife, Trockenfleisch und Holzkohle kaufen. Einen Teil des Geldes würde sie so investieren, dass sie ein festes Einkommen hätte und die Kinder und sie niemanden mehr anbetteln müssten.

Obwohl sie sich beim Empfang des Geldbündels nach allen Seiten umsah, bemerkte sie nicht, dass sie beobachtet wurde. Im Gedränge versteckt hing ein Dieb raffgierigen Gedanken nach und war wild entschlossen, ihr Geld an sich zu bringen.

Sie war Ende dreißig und trug als Ausdruck der Trauer um ihren Mann, der eines Tages ohne Abschied fortgegangen und nicht wiedergekommen war, ein schwarzes Kleid. Jetzt musste sie ihre kleinen Kinder allein vor Hunger, Krieg und Vertreibung schützen. Unsicheren Schrittes lief sie durch die Straßen. Die Stadt war gefährlich, überall gab es Diebe, die auch vor Totschlag nicht zurückschreckten. Von solchen Verbrechen hörte man immer wieder und sie hatte so etwas auch schon mit eigenen Augen gesehen.

Nach mehreren Einkäufen bestieg sie den Bus nach Hause, der Dieb folgte ihr und ließ sie nicht aus den Augen.

Die Fahrt in dem überfüllten Fahrzeug durch Juba war lang. Alle anderen Fahrgäste waren extrem reizbar und konnten wegen einer Lappalie aus der Haut fahren, während sie heute dazu aufgelegt war, sich mit allen nett zu unterhalten, ihnen gut zuzureden und Hoffnung zu verbreiten. Schließlich stieg sie aus und machte sich beschwingt auf den Nachhauseweg. Der Dieb schlich ihr nach, einen Hügel hinauf und dann in eine Gasse, die die Regenfluten gerissen hatten. Leichten Schrittes und guten Mutes eilte sie ihren Kleinen entgegen. Sie hatte nicht vergessen, jedem von ihnen etwas Süßes, Obst, Brot und etwas zum Anziehen zu kaufen. Für sich selbst war ihr ein farbenfrohes Kleid aufgefallen, es würde ihre weiblichen Reize betonen, die unter der schwarzen Trauerkleidung versteckt waren. Ihr Körper war wie ein Friedhof verdrängter, gleichwohl noch immer lodernder Lust. Kurz war sie versucht gewesen, das Kleid zu kaufen, doch dann musste sie an ihren Mann denken. Das versetzte ihr einen Stich und sie legte das Kleid zurück.

Gleich würde sie zu Hause sein, ohne zu ahnen, wer sich an ihre Fersen geheftet hatte. Der Dieb war ihr auf allen Wegen gefolgt, ob sie schmal oder breit waren, ob sie bergab führten oder bergauf, wie Wellen im Spiel von Ebbe und Flut. In einigem Abstand folgte er ihr wie ein Schicksal, das jemandem auflauert, der an nichts Böses denkt und nicht weiß, welches Unheil ihm bevorsteht. Versteckt hinter einem dichten Baum beobachtete er bösartig lächelnd, wie sie durch eine krumm in den Angeln hängende Tür ihr Zuhause betrat. Die einräumige Rundhütte war klein und windschief, nicht viel anders als andere Soldatenbehausungen. Davor bildeten dichte Sträucher eine niedrige Hecke, aber keine richtige Abgrenzung, sodass vor dem Eingangsbereich Straßenhunde miteinander kämpften oder eilige Fußgänger ihn nachts als Abkürzung nutzten.

Die Kleinen standen in Festtagsstimmung um sie herum und rissen ihr die Leckereien aus der Hand, ihr Lachen schallte in die Nachbarhäuser, deren Bewohner mit ihrer Arbeit und ihren Sorgen beschäftigt waren. Nichts war hier von Dauer, Traurigkeit war schnell vergessen, sobald es einen Grund zum Feiern gab, wobei alle zugleich schon mit neuen Tiefschlägen rechneten. Auf jede Freude würde unweigerlich eine Katastrophe folgen.

Und genau dafür würde der Dieb schon in wenigen Stunden sorgen. Er grinste breit, sein Plan war perfekt. Er kannte den Weg und wusste, wann er wiederkommen musste.

Die Frau ging in die Ecke mit dem Bett, zog eine Metallkiste darunter hervor und legte das Geld hinein. Die Kinder folgten ihr wie Schmetterlinge. Angesichts ihrer Freude schwor sie sich, dass sie nie wieder leiden sollten.

Die Nacht senkte sich herab. Vor allem wenn kein Mond schien, war es so finster und still, dass man Angst bekam und die Sorgen noch schwerer drückten. Nur Schüsse zerrissen von Zeit zu Zeit die Stille, wenn vielleicht ein Einbrecher Bewohner verjagte oder umgekehrt, dann brach Hundegekläff los, trist und hoffnungslos wie Wolfsgeheul, als spukten rachsüchtige Geister durch die Gegend. Sobald die Kleinen im Bett lagen und schliefen, breitete sie die Moskitonetze gegen Stechmücken, Ungeziefer und hungrige Ratten aus. Nachts war es hier lebensgefährlich, daher ging man nicht einmal zum Toilettengang nach draußen. Räuber nahmen jede Bewegung von Bewohnern als Bedrohung wahr und schlugen im Zweifelsfall schnell zu. Jeder hatte Angst vor jedem.

Nachdem sie den einzigen Stuhl, den sie besaß, sowie ihren Nachttopf – einen alten Farbeimer – hereingeholt hatte, vergewisserte sie sich mehrfach, dass sie die Tür gut verschlossen hatte. Bisher hatte sie sich nie besorgt schlafen gelegt, denn außer ihren Kindern hatte sie nichts, um das sie Angst haben musste. Als arme Witwe hatte sie nie das Gefühl gehabt, von irgendwem besonders beäugt zu werden.

Heute aber hütete sie so etwas wie ein kleines Vermögen.

Furchtsamen Herzens schlüpfte sie zu ihren Kindern in das große Bett. Als sie die Handlampe löschte, versank der Raum in Finsternis, und all ihre Sinne waren hellwach. Sie horchte auf jedes Geräusch, das von Gefahr künden konnte, und öffnete die Augen weit, so als könnte sie damit die Dunkelheit aufsaugen. Ein Glühwürmchen flog wie ein verirrter Stern durch den schwarzen Raum, landete hier und da, ohne einen Weg ins Freie zu finden. Es war die einzige Lichtquelle über ihr. Nur das Brummen von Stromgeneratoren und Geschrei von Betrunkenen, Kindern oder Frauen, die geschlagen wurden, durchbrachen die Stille und drangen ihr scharf ins Ohr.

Der Schlaf mied sie, bis nach Mitternacht endlich Ruhe einkehrte. Alles träumte von Frieden und Sicherheit, aber nun schlug die Stunde der Diebe und Räuber. Schon hörte sie schwere Schritte um ihr Häuschen und bekam Herzklopfen. Das sind bestimmt nur Passanten, versuchte sie sich zu beruhigen, da klopfte es bereits leise an der Tür. Sie wand sich zitternd an den Kindern vorbei aus dem Bett und legte ein Ohr an die Tür. Leute flüsterten miteinander. Sie klopften erneut, diesmal entschlossener und ungeduldig. Die Kinder schreckten hoch, sie nahm sie in den Arm und bedeutete ihnen zischend, keinen Ton von sich zu geben. Nun folgte ein Hämmern, das die Tür fast aus den Angeln riss. »Öffne die

Tür, sonst schießen wir durch!«, rief jemand.

Panisch und mit erstickter Stimme fragte sie: »Was wollt ihr?«

»Mach auf, dann wirst du es sehen!«

»Nein!«, rief sie.

Prompt fiel ein Schuss hinter der Tür, sie schrie, die Kinder kreischten in höchster Aufregung. Sie rief laut um Hilfe, aber keiner der Nachbarn kam, um ihr beizustehen.

Wenn in der Nähe Schüsse fielen, ging erst recht niemand mehr aus dem Haus. Nächtliche Diebe zögerten nicht, ganze Wohnviertel niederzumetzeln, wenn sich jemand ihrem schändlichen Tun in den Weg stellte. Sie wies ihre Kinder an, sich auf den Boden zu legen, um sich vor Schüssen zu schützen, und keinen Laut von sich zu geben. Dann tastete sie sich zurück zur Tür, schloss auf, trat hinaus und stellte sich mit zitternden Armen den Eindringlingen entgegen. Sofort wurde eine starke Taschenlampe auf ihr Gesicht gerichtet, sodass sie geblendet war. Als sie eine Gewehrmündung an den Bauch bedrückt bekam, brach ihr der Schweiß aus. Waffen hatte sie nichts entgegenzusetzen als den Instinkt, ihre Kinder bis zum letzten Atemzug zu verteidigen.

Es waren Schritte zu hören. Einer packte sie am Kleid und befahl ihr, das versteckte Geld freiwillig herauszugeben, sonst würden sie es sich holen und die Kinder töten.

»Ich gebe euch das Geld, aber jagt meinen Kindern keine Angst ein!«, flehte sie.

Spöttisch gab einer zurück: »Das wollen wir auch gar nicht. Wir töten sie nur – falls du das Geld nicht herausrückst!«

Er stieß sie gegen die Tür, die unter dem Stoß aufschwang, leuchtete in der Hütte herum und ließ den Lichtkegel auf den ängstlich aneinandergeklammerten Kindern ruhen. Als er das Gewehr auf sie richtete, trat die Mutter dazwischen und deutete unters Bett. »Da liegt das Geld«, sagte sie und kniete sich hin, um die Kiste hervorzuziehen. Furchtbare Wut überfiel sie. Wenn sie doch nur eine Waffe besäße! Damit hätte sie diese Bande sofort erledigt.

Mehrere rissen ihr die Kiste aus der Hand, einer öffnete sie mit grober Hand und raffte das Geld an sich. Ihr war, als würde man ihren Mann ein zweites Mal töten. Man raubte ihren Kindern die Zukunft und sie konnte nichts dagegen tun. Die Räuber zogen ab, ohne sich um ihre Tränen zu scheren. Sie stand in der Dunkelheit und verfluchte ihre Wehrlosigkeit. Sie weinte so bitter wie damals, als sie vom Tod ihres Mannes erfahren hatte. Die Kinder klammerten sich erschrocken an ihre Mutter, die nicht mehr wusste, wie sie ihre Kleinen beschützen konnte. Sie umarmte die zitternden Leiber, konnte ihnen aber die Furcht nicht nehmen. Auch sie selbst zitterte, nun jedoch nicht mehr vor Angst, sondern in einem Zorn, der bis zur Mordlust ging. Die Kleinste sagte: »Mama, ich hab solche Angst!« Sie nahm sie in den Arm und setzte sie wortlos auf dem Bett ab.

Bei Tagesanbruch kamen die Nachbarn, um zu sehen, was passiert war, oder auch nur um zu sehen, wer tot und wer noch am Leben war. Nun hatten sie eine weitere Geschichte zu erzählen, die sie daran erinnerte, dass Gewalt zu ihrem elenden Leben gehörte. Murmelnd brachten sie ihr Mitgefühl zum Ausdruck und beschuldigten diese und jene, für das Unglück verantwortlich zu sein.

Sie aber hörte ihren Nachbarn nicht zu, sondern konnte jetzt nur noch an eines denken: Sie würde alles tun, um wieder an Geld zu kommen, und wenn sie dafür ihren Körper zu Markte tragen musste. Aber jetzt würde sie es nicht mehr fürs

Schulgeld oder Lebensmittelvorräte ausgeben, sondern für ein Gewehr. Ein Gewehr, mit dem sie in dieser finsteren Stadt des Unrechts sich und ihre Familie würde verteidigen können!

Die Rückkehr

Ich beschloss, endlich aufzustehen. Mein gesamter Körper schmerzte wegen dieser unbequemen Matratze, in der sich die Baumwolle im Lauf der Jahre so ungleich zusammengeballt hatte, dass die ganze Unterlage nur aus Dellen und Beulen bestand. Mir war, als hätte ich auf Steinen geschlafen. Mühsam richtete ich mich auf und betrachtete das Moskitonetz. Es war staubgrau und voll mit Fliegendreck, hielt aber immerhin die Mücken ab. Naja, nicht ganz, denn durch die Löcher konnten sie jederzeit hereinfliegen, um sich an meinem Blut gütlich zu tun. Allzu leicht machte ich es ihnen nicht, schließlich war es mein Blut, und das musste ich verteidigen, und nicht irgendein stehendes Gewässer, in das sie ihre Verderben bringenden Eier setzen wollten. Ich wehrte mich also, doch es war ein ungleicher Kampf, denn entscheidend war hier die Größe, und so zog ich stets den Kürzeren, war am Ende immer das Opfer, und zwar zugleich das ihrer Stiche wie der Schläge, die ich mir bei ihrer Abwehr selbst verpasste.

Da hingen sie schon wieder am Netz, die transparenten Bäuche voll mit meinem Blut. In sattem Schlummer ruhten sie und scherten sich weder darum, dass es Tag wurde, noch darum, dass ich auf Rache sann. Jetzt war die Gelegenheit dazu, ich konnte sie eine nach der anderen zerquetschen, so wie man sich fette Pickel im Gesicht ausdrückt. Ich begann mit der Jagd. Einige zermalmte ich zwischen zwei Fingern, andere zerrieb ich gruppenweise zwischen den Falten des Netzes. Manche versuchten zu fliehen und erhoben sich schwerfällig unter dem Gewicht meines Blutes in die Luft, aber auch diese entkamen nicht meiner Falle aus Daumen und Zeigefinger. Es war ein berauschendes Siegesgefühl!

Nach diesem Massaker hob ich das Moskitonetz, das über vier Bambuspflöcken hing, am einen Ende an und quälte mich aus dem Bett. Mein Rücken schmerzte. Lastenträger kennen das nicht anders. Ich ließ das Netz wieder sinken. Jetzt war es noch schmutziger, mein Blut klebte daran.

Ich trat aus dem Raum und fand mich direkt auf der Straße wieder. Dazwischen gab es keine Mauer und keine Wand, aber ich tat so, als wäre da eine, und ignorierte die Blicke der Passanten. Diese sahen auch gleich wieder weg, denn mit meinem schläfrigen Gesicht sandte ich die Botschaft aus, dass man mir besser nicht in die Augen schaute. Viele der umliegenden Häuser waren unfertig und ich baute sie in Gedanken weiter, hier eine Wand, da ein Dach, Türen, Fenster, Schlösser ... Die Behausung, in der ich wohnte, erforderte besonders viel Fantasie. Zuerst waren wir vor dem Krieg im Süden in den Norden geflohen und hatten dort bei null angefangen, und seit unserer Rückkehr in den Süden erlebten wir genau dasselbe.

Wir haben Erfahrung darin, immer wieder bei null anzufangen. Wenn hier jemand ein Grundstück besitzt, das meist sein einziges Eigentum ist, verpachtet er uns Rückkehrern ein paar Quadratmeter davon, auf die man sich eine Hütte baut. Als Baumaterial begnügen wir uns mit Holz, Blech und Planen der *International Organization for Migration*, die auf Märkten verkauft werden. Ein solches Obdach ist schnell errichtet und auch leicht wieder abzubauen, falls man mit der Mietzahlung in Rückstand gerät und verjagt wird. Manchmal legt der Grundstücksbesitzer auch selbst Hand an. Man kommt von irgendwo zurück und findet die eigene Hütte sorgfältig zerlegt am Straßenrand aufgeschichtet. In diesem Fall hat man das Wohnrecht verloren, man kann nur noch die Einzelteile aufsammeln und sich anderswo nach ein paar Quadratmetern umsehen, am besten möglichst weit weg, denn nun ist man in der Gegend verschrien.

Hütten wie meine sind so leicht und dünn, dass man sie auf der Schulter tragen kann, und selbst wenn sie nachts aus irgendeinem Grund zusammenbrechen, kann man bis zum Morgen weiterschlafen und braucht dann nur die Mittelstütze wieder aufzurichten. Wenn ein Feuer ausbricht, brennt die Hütte wie Zeitungspapier und ist bereits niedergebrannt, bevor man von irgendwoher Löschwasser herangeholt hat. Dabei fliegt glühende Asche herum und verteilt sich auf die Nachbarzelte, deren Bewohner alle Mühe haben, die Funken zu löschen. Bei einem Gewitter kann es allerdings auch passieren, dass sich die Hütte vom Wind davontragen lässt. In diesem Fall schläft man unter freiem Himmel und kann die ganze Umgebung sein Zuhause und alle Passanten seine Familie nennen.

Ich nahm meine alte Zahnbürste, deren Borsten vom vielen Gebrauch in alle Richtungen abstanden, und lief zum Baderaum. Dort wusch sich gerade mein ugandischer Nachbar. Man sah seinen nackten Oberkörper und Seifenschaum auf Kopf und Brust, nur sein Unterleib war hinter den Säcken und Lumpen verborgen, die die Wände des Baderaums bildeten. Er war nicht weniger provisorisch als unsere Hütten. Der Nachbar ignorierte mich ebenso wie die Tatsache, dass er sich quasi mitten auf der Straße wusch. Mit den hohlen Händen schöpfte er Wasser aus einer Schüssel, die auf dem Boden stand, und spritzte es sich ins Gesicht. Dabei trällerte er ein fröhliches Lied in seiner Sprache.

Ich blieb in der Nähe meiner Hütte und steckte mir die Zahnbürste in den Mund. Die Zahnpastatube war leer, und all meine Versuche, einen letzten Rest herauszuquetschen, schlugen fehl. So begnügte ich mich mit ihrem Geruch, während ich mit der Zahnbürste im Mund herumfuhrwerkte. Ich wünschte den Nachbarn einen guten Morgen und wartete, dass der Ugander seine Waschung beenden würde. Um mich herum quasselten Passanten durcheinander und dröhnten Lastwagen, die schlammiges, mit Mikroben verseuchtes Nilwasser transportierten. Khamisa, eine Nachbarin, lief winkend hinter einem der Lastwagen her und rief: »Wasser, Wasser!«, so als wollte sie statt mit dem Verkäufer mit dem Wasser selbst sprechen.

Der Fahrer hatte nur einen desinteressierten Blick für sie übrig und fuhr weiter. Ich nahm die Zahnbürste aus dem Mund, spuckte aus und rief dem Fahrer grob zu, er solle anhalten. Auch mich beachtete er nicht, und nun waren wir beide verärgert. Khamisa schickte dem Fahrzeug Flüche und Beschimpfungen hinterher und lief zu ihrer Hütte zurück, um die herum sie Bambusrohre als Zaun gesteckt hatte. Als ein weiterer Tanklaster vorbeikam, rief sie auch diesem zu: »Wasser, Wasser!« Auch dieser Fahrer stellte sich taub, diesmal war ich mir aber zu schade zum Eingreifen. Wir alle hier wussten, warum sie bei uns nicht anhielten. Unser Viertel war so arm, dass wir keinen Wasserspeicher hatten, sondern nur kleine Fässer, aber sie verkauften lieber dort, wo sie größere Mengen absetzen konnten, um Sprit zu sparen. Deswegen wandte Khamisa nun eine neue Strategie an und rief: »Wir haben hier einen Wasserspeicher!«

Viele von uns lachten hinter vorgehaltener Hand, während Khamisa weiter selbstsicher auf den Fahrer einredete. Staunend beobachteten wir, wie der Laster in unser Viertel einbog. Der Fahrer stieg aus, griff nach dem Wasserschlauch und sah sich fragend um. Khamisa stellte ihm ihren kleinen Kanister hin, der einstmals blau gewesen war, und lächelte verschmitzt über ihren gelungenen Trick. Der Fahrer fuhr sie in einer Mischung aus Juba-Arabisch und Amharisch an: »Was ist das denn? Du hast doch gesagt, hier wäre ein Speicher! Du hast mich hereingelegt!«

Mit spitzer Lippe erwiderte Khamisa: »Hätte ich dir gesagt, dass ich nur einen Kanister habe, hättest du nicht angehalten. Ihr übergeht uns immer! Brauchen Arme etwa kein Wasser? Füll mir den Kanister!«

Der Fahrer beriet sich mit seinem Assistenten, und sie entschieden, wegzufahren, ohne Khamisa Wasser zu geben. Da bildeten wir einen Kreis um sie und versperrten ihnen den Weg. Wir riefen nicht und diskutierten nicht. Alle Bewohner des ärmlichen Camps standen nur da und schauten die beiden schweigend an, bis Khamisa ihr Wasser bekam.

Mein Nachbar hatte sich nun fertig gewaschen, und ich ging in den Baderaum. Er lag etwas abseits der Hütten und gab den Blick auf den Oberkörper frei, vielleicht auch teilweise auf den Unterleib, aber wen störte das? Ich stellte mich auf den glitschigen Steinfußboden, wusch mich rasch, dann zog ich mir in meiner Hütte eine Hose und ein leichtes T-Shirt an und machte mich auf den Weg ins Stadtzentrum.

Bin ich nicht ein junger Mann in der Blüte seines Lebens? Aber welcher Blüte? Sagen wir lieber: Ein junger Mann, der schon mehrfach Krieg, Vertreibung und verpasste Chancen erlebt hat, aber noch nicht im Leben angekommen ist. Natürlich habe ich die Schule abgebrochen, aber ich kann lesen und schreiben und mit ein paar Fachausdrücken um mich werfen.

Eine richtige Arbeit habe ich nicht, betätige mich im Marktbezirk nur zuweilen als Vermittler, wenn ein geschäftstüchtiger Händler auf einen zögerlichen Kunden trifft und ich den einen dazu überrede, mit dem Preis herunterzugehen, und den anderen zum Kaufen animiere. Werden beide sich einig, bekomme ich von einer Seite einen lächerlichen Obolus, weil ich so gut geflunkert und getrickst habe. In der Marktsprache heißt das *Geld zum Wassertrinken*, und wenn man ein paar solcher Trinkgelder zusammen hat, kauft man sich davon eine Mahlzeit und eine Tasse Tee, und vielleicht reicht es auch mal für eine Zeitung.

Abends saßen Leute wie ich dann bei Suzi, der hübschen Teeverkäuferin, herum. Sie heiterte uns mit ihren Getränken und vor allem mit ihrem süßen Lächeln auf. Voll mütterlicher Zuneigung führte sie alle Bestellungen aus: schwacher Tee mit viel Zucker, starker Tee, aber mäßig gesüßt, Kaffee schwarz, Kaffee mit Ingwer, Malventee mit Minze, Tee mit Milch, mit Minze, kleine Tasse, große Tasse … Dabei blieb sie immer freundlich und zuvorkommend und bildete damit eine Ausnahme in dieser Zeit, in der alle grimmig und verbittert geworden waren.

Im Schatten des ausladenden Mangobaums, unter dem Suzi sich eingerichtet hatte, debattierten wir über alles und nichts. Wir warfen mit Ideen um uns, die niemals bis zur Obrigkeit durchdringen würden. Wann würde man endlich etwas für die Bewohner hier tun? Warum gab es nicht in allen Wohngebieten eine Wasserleitung? Wäre es nicht vordringlich, dass sich unser neugeborener Staat um Gesundheit und Bildung kümmerte? Natürlich wussten wir um die allgegenwärtige Korruption; unsere Politiker waren damit beschäftigt, sich Geld in die Taschen zu stopfen, die Menschen waren ihnen egal. Dann wechselten wir von der Politik in die Niederungen des Tratsches und der Gerüchte und stritten uns. Nur Suzi hielt uns zusammen, sie und der Mangobaum.

Gerne kramten wir auch Erinnerungen an unsere Fluchtorte hervor, an die Städte, in denen wir vor unserer Rückkehr in den Süden gelebt hatten, und dachten wehmütig an Freunde und Orte, die wir hatten zurücklassen müssen. Der Entschluss zur Rückkehr war so bitter wie die vorangegangene Flucht, denn beides war mit Abschied verbunden gewesen.

Wir saßen in verschiedenen Grüppchen unter dem Baum. Entweder verband uns ein ähnliches Alter, wir hatten dieselben Interessen, gehörten derselben Ethnie an oder hatten einmal in derselben Gegend gelebt. Da war die Gruppe um Peter, einen alten, noch rüstigen Kämpfer, der Geschichten aus der seligen Zeit des Befreiungskrieges erzählte. Stolz berichtete er von seinen Heldentaten und zeigte seine Narben, sodass wir anderen uns ganz unbedeutend vorkamen. Auch Angelo war ein Rückkehrer und sprach Englisch mit starkem afrikanischem Akzent. Ein Verwandter hatte seine Beziehungen spielen lassen, und jetzt wartete er auf einen Job in irgendeinem Amt. Meine Gruppe bestand im Wesentlichen aus Khartum-Rückkehrern. Wir klagten viel und diskutierten noch mehr, wir verglichen fruchtlos zwischen früher und heute, wir glaubten, dass wir hier im Süden jetzt Wertschätzung erfahren und mitreden dürften, dass man uns auffordern würde, uns an der Schaffung von Arbeitsplätzen für junge Leute zu beteiligen. Die bittere Wahrheit war jedoch, dass wir noch immer so ausgegrenzt und prekär lebten wie zur Zeit unserer Flucht. Wer keine Beziehungen hatte, dümpelte wie wir in ewiger Arbeitslosigkeit.

Außerdem tauchten dubiose Gestalten auf, die von einer Gruppe zur nächsten spazierten. Man konnte nur annehmen, dass sie Spitzel waren. Das wäre nicht einmal schlecht gewesen, denn das hätte geheißen, dass unsere Regierung sich für unsere Gespräche interessierte. Die Vorstellung, unser Gerede sei so bedeutsam, dass die Regierung um ihren Thron fürchtete, machte uns fast stolz. So schwatzten wir lautstark und leichtsinnig daher, fluchten und schimpften auf alles, Hauptsache, wir konnten ein wenig Frust abladen. Unser bescheidenster Traum war gewesen, nach unserer Rückkehr einen Arbeitsplatz zu finden, aber wenn man in diesem Land nicht regierungstreu ist oder wenigstens einen starken Clan im Rücken hat, verbringt man den Tag nur quatschend unter Bäumen und lässt sich des Nachts von Stechmücken aussaugen.

Unser Land war eben erst unabhängig geworden, und was hatte man uns nicht alles versprochen! Dass wir Bürger erster Klasse sein würden, gleich an Rechten und Pflichten. Arbeit für alle in blitzsauberen Büros, das war das Mindeste, worauf wir uns gefreut hatten.

Irgendwann gesellte sich mein ugandischer Nachbar zu uns. Er hatte eine Ausrüstung für Fuß- und Nagelpflege dabei, setzte sich irgendjemandem zu Füßen und machte sich daran, ihm hingebungsvoll die Nägel zu schneiden und zu säubern. Wenn die kenianische Zeitungsverkäuferin kam, kauften wir ihr aus Gewohnheit ein paar Exemplare ab, ohne unser Geschwätz zu unterbrechen. Später bekamen wir von zwei Massai schöne lederne Handarbeiten zum Verkauf angeboten. Der eine oder andere von uns kaufte ihnen einen Gürtel, eine Geldbörse oder Sandalen mit buntem Perlenbesatz ab. Als Nächstes kamen junge Männer aus dem Kongo vorbei. Sie trugen Sägen mit riesigen Zähnen, mit denen sie Bäume in Parks und

Privatgärten zurückschnitten, wenn ihre Äste zu weit überstanden. Währenddessen saßen wir weiter da und schimpften und fluchten und gaben das lächerlich wenige Geld aus, das wir durch unsere Maklertätigkeit auf dem Markt verdient hatten. Wir bestellten Tee und kauften bei Straßenhändlern Frittiertes, Ananasscheiben, Nationalflaggen, Täschchen oder gebrauchte Kleidung. Wenn wir Durst hatten oder Lust zu rauchen bekamen, kauften wir in einem der Läden gegenüber bei einem Sudanesen, Somalier oder Äthiopier ein Getränk oder ein Zigarettchen.

Mit großen Erwartungen waren wir in den Südsudan zurückgekehrt, waren aber bitter enttäuscht worden. Dazu kam, dass sich unsere korrupten Politiker nun gegenseitig bekämpften, ohne sich darum zu scheren, dass dabei Menschen zu Tode kamen und das Land ruiniert wurde. So ging das nun schon zwei Jahre lang.

Doch irgendwann im Lauf des Abends machte es bei mir klick: Hier bei Suzi herumzusitzen, konnte doch nicht alles gewesen sein! Nein, ich wollte meine Zeit nicht so verschwenden! Ich stand auf, bezahlte, ging nach Hause und legte mich schlafen.

Am nächsten Morgen stand ich früh auf und ignorierte die lästigen Mücken. Auch das Waschen ließ ich ausfallen, obwohl der Waschraum noch frei war. Ich packte meine Sachen, machte mich auf den Weg zum Flughafen und nahm den erstbesten Flug nach Khartum. »Wenn der Süden mich nicht haben will, gehe ich eben zurück in den Norden, nach Khartum, die Stadt kenne ich schon und sie kennt mich«, sagte ich mir.

In Khartum angekommen rief ich meine Freunde von damals an, aber niemand ging ans Telefon. Ich machte mir

Sorgen. War keiner von ihnen mehr hier? Waren sie in diesem verdammten Krieg alle ums Leben gekommen?

Was sollte ich machen? Auch hier langweilte ich mich zu Tode, sofern mir der Kampf um meine tägliche Existenz überhaupt Zeit für Langeweile ließ. War die Entscheidung, nach Khartum zu kommen, vielleicht doch die falsche gewesen?

Wochen später rief ich meine Freunde in Juba an, aber niemand ging ans Telefon. Dann erinnerte ich mich an meinen Nachbarn aus Uganda, rief ihn an und wartete. Wie ich mich freute, aus der Ferne seine Stimme zu hören!

»Who is that?«, fragte er.

»Mein lieber Freund, ich bin's, Albino!«

»Albino, my friend!«, rief er erfreut. »Bist du noch in Khartum?«

Wir unterhielten uns, und ich fragte ihn nach den Freunden, mit denen wir immer unter dem Mangobaum gesessen hatten.

»Angelo ist nach Ostafrika zurückgegangen«, erzählte er, »und Peter kämpft mit einer Rebellengruppe in den Wäldern. Und du bist also wieder in Khartum.«

»Und du?«, fragte ich.

»Ich bin nach wie vor hier in Juba und arbeite.«

Begeistert berichtete er mir, dass er jetzt einen richtigen Pediküresalon eröffnet habe. Ich wurde neidisch. Wie konnte es sein, dass er als Fremder stärker an meinem Land hing als ich, der ich dort aufgewachsen war? Als er mich dann fragte, wann ich zurückkäme, antwortete ich spontan:

»Sofort! Jetzt gleich!«

Gesagt, getan. Suzi verkaufte noch immer ihren gewürzten Tee an die Vermittler vom Markt, aber nun saßen neue Lastenträger unter dem gewohnten ausladenden Mangobaum um sie herum. Auf der anderen Straßenseite standen teure Autos der neuen Korrupten. Nur glänzten sie nicht, dazu waren sie mit zu viel Schlamm und Staub bedeckt.

Plötzlich kam mir eine Idee: Ich würde es jenen Jugendlichen gleichtun, die sich keine Hoffnungen mehr auf eine Arbeitsstelle machten. Manchmal muss man jegliche Hoffnung aufgeben, um auf neue Ideen zu kommen. Von heute an würde ich Autos waschen. Also besorgte ich mir einen Plastikkanister, schnitt ihn zu einem Eimer um, schleppte Wasser heran, tauchte den Lappen in Seife und wusch Autos. Beim Anblick des glänzenden Lacks und der funkelnden Felgen bekam ich einen Energieschub. In den blitzblanken Scheiben sah ich mein Spiegelbild und blies verspielt auf die in Regenbogenfarben schimmernden Seifenbläschen auf meiner Hand. Schweigend arbeitete ich weiter. Zuweilen versteckte sich die Sonne hinter trägen Wolken, was die Hitze erträglicher machte. Schließlich stand ich stolz da. Jetzt hatte ich eine Arbeit, die mir niemand vermittelt hatte und die ich erhobenen Hauptes ausführte. Ich brauchte mich vor niemandem mehr zu erniedrigen und niemanden mehr anzubetteln, dass er seine Beziehungen spielen lassen möge. Meine nackten Füße steckten in der lehmigen Erde wie die Wurzeln des Mangobaums.

Hurra, ich bin tot!

Wie fliegende Schnurrbärte kreisen Geier an einem fernen blauen, sonnig-heißen Himmel. Ich würge Tränen hinunter, da ist auch Panik in der Leere in mir, aber mein Herz schlägt nicht. Vielleicht bin ich tot. Vielleicht kommt es mir aber auch nur so vor.

Ich oder besser gesagt mein Leichnam liegt in einem Haufen anderer Toter. Hahaha. Andere Tote, sage ich, so als würde ich sie nicht kennen. Dabei kenne ich jeden einzelnen! Das ist mein Bruder, das meine Schwester mit ihrem Säugling im Arm, da ist mein blinder Vater – ein anstrengender Mann! –, und da hinten, das ist unser frömmelnder Nachbar in seiner ewigen Gebetshaltung, eine blutbefleckte Bibel in der Hand. Und der da ist mein Freund, mit dem ich gestern noch um ein Glas verdorbenen Wein gestritten habe, daneben der Äthiopier, der am Ende unserer Straße eine improvisierte Bar betrieben hat und bei dem wir immer gerne *Tusker*, *Nile Special*, *Seven Nights* und andere billige Weinsorten gekauft haben. Sehen Sie mal, wie achtlos hingeworfen er daliegt! Die Angst steht ihm noch ins Gesicht geschrieben, und ganz aufgequollen ist er. Wenn man ihn jetzt so sieht, könnte man meinen, so ein fülliges Gesicht hätte ihm zu Lebzeiten auch ganz gut gestanden. Seit Tagen oder Wochen liegen wir hier auf eine lächerliche Weise übereinandergetürmt, die dem Ernst des Todes nicht angemessen ist.

Moment mal! Ich bin gar nicht traurig. Heißt das, ich bin wirklich tot? Warum schlägt mein Herz nicht? Vielleicht sollte ich etwas ernster sein. Ja, ich bin wirklich tot.

Es waren Tausende und Abertausende, ich erinnere mich genau. Sie kamen zu Fuß und in Fahrzeugen und waren mit Gewehren, MGs, Raketenwerfern und Handgranaten bewaffnet. Sie sahen uns recht ähnlich, es kommt mir sogar vor, als hätte ich mich selbst mit ebendiesen Augen gesehen, die jetzt von Würmern zerfressen werden. Ich sah mich als Feldkommandeur. Wir waren die Armee und zugleich die Opfer. Das muss vom Wein kommen, sagte ich mir. Der Suff erzeugt Hirngespinste. Aber lassen Sie mich die Geschichte zu Ende erzählen.

Ich sah uns also kommen. Manche von uns trugen Uniform, andere nicht, und wir schossen aus allen Rohren. Die Maschinengewehre rafften pausenlos Menschen dahin, bis die Patronen zu Ende waren. Das Rattern klang entsetzlich. Ich hatte die Armee am Horizont hinter hohen grünen Bäumen auftauchen sehen. Es wirkte, als würden sie oder wir ringsum Dörfer in Brand stecken. Rauch stieg auf und stieg immer höher, wie eine Riesenschlange, die sich langsam in den Himmel erhebt und dabei die Welt verdunkelt. Zugleich wurden die Bäume immer kleiner und zogen sich in den Boden zurück wie der Kopf einer Schildkröte unter den Panzer, bis sie verschwunden waren. Wir kündigten uns an, indem wir auf Häuser voller Menschen schossen. Wir brachten den Tod.

Wir berauschten uns an jeder Salve, bis wir schließlich jedes Maß verloren und auf uns selbst losgingen. Ich sehe noch, wie ich die Waffe erbarmungslos auf mich selbst richtete. Mein anderes Ich hatte sich hinter einer Uniform verschanzt und besaß ein MG samt Patronengurt quer über der Brust. Ich blickte ihm tief in die Augen und hoffte, es würde mich erkennen. Vor lauter Angst um mein Leben fragte ich mit blödem, unterwürfigem Lächeln: »Erkennst du mich nicht? Ich bin es. Ich bin du!« Noch bevor ich diese unbeholfenen

Sätze ganz ausgesprochen hatte, durchsiebte mein Ich mich jedoch kaltblütig mit Kugeln und jubelte. Ja, wirklich! Ich ermordete mich selbst und frohlockte dazu!

Jetzt liege ich durchlöchert da und spüre, wie mir das warme Blut aus dem Körper rinnt. Ich liege in einer Lache aus klebriger roter Flüssigkeit. Aber wissen Sie was? Ich fühle keinen Schmerz. Vielleicht bin ich also wirklich tot. Oder ich befinde mich in einem Zustand fortgeschrittener Trunkenheit, einer Mischung aus Rausch und Tod, die mich in diese Finsternis versetzt hat.

Ist so der Tod? Ein zeitloses Bewusstsein ohne Gefühl? Man selbst ist abwesend, gleichzeitig sind da lauter Leichen, von Kugeln durchsiebt, von Granaten zerfetzt, hingeschlachtet wie Schafe? Ich habe alles gesehen: meinen eigenen Mörder, den Mörder meiner Geschwister, des Säuglings, meines blinden Vaters, unseres Nachbarn und des äthiopischen Weinhändlers. Ich habe gesehen, wie unsere Städte zu Asche zerfielen, wie sich Hunde und Vögel über Berge von verwesenden Leichen hermachten und wie unser Dorf zum offenen Massengrab wurde, aus dem Scharen verängstigter Menschen ziellos zu fliehen versuchten.

Nun liege ich hier, mit wachem, brennendem Bewusstsein und einem toten Körper, der nicht fliehen kann. Ich sehe alles mit meinem oben liegenden Auge, das andere ist in der Blutlache versunken. Durchlöchert liegen wir da und verbluten.

Ich habe alles gesehen: wie sie uns getötet, beraubt und unsere Schwestern, Mütter und sogar unsere Großmütter vergewaltigt haben. Und wie sie neben unseren Leichen gefeiert haben.

Ich bin wütend. Können Tote wütend sein? Ich bin wütend, also lebe ich! Trotzdem liege ich nur untätig da. Ich muss mich im Labyrinth meines Komas verirrt haben. Gleich werde ich wieder spüren, dass meine Seele in meinem Körper feststeckt wie ein Angelhaken in einem Fisch, der unglücklicherweise in den Köder gebissen hat. Ich halte meine Seele fest, so wie ich als Kind die Schnur meines Papierdrachens umklammert gehalten habe. Der war in Wirklichkeit gar nicht aus Papier, sondern aus alten Plastiktüten, die auf überkreuzte Holzstöcke gespannt waren. Daran knüpften wir eine Schnur, die wir unserer Mutter stibitzt hatten, und diese lange Schnur wickelten wir um ein Stück Holz. Dann ließen wir die Drachen steigen, bis sie hoch am Himmel flatterten. Nun bin ich das Stück Holz mit der Schnur, und über mir am Himmel schwebt meine Seele, ähnlich den Geiern, die dort wie Schwärme fliegender Schnurrbärte kreisen.

Jetzt höre ich schweres Gewehrfeuer, mein eines Auge sieht Flammen in allen Farben und Größen. Selbst Toten dringt das furchtbare Gedonner noch ans Ohr! Das Dröhnen von Panzern lässt mich erzittern, und der Himmel speit Flammen wie bei einem todbringenden Feuerwerk. Wieder sehe ich uns erbarmungslos angreifen, und wir – oder unsere Doppelgänger – fallen haufenweise zu Boden. Granaten, deren Sprengkraft für eine ganze Kompanie ausreichen würde, reißen Menschen in Stücke, teilen sie im besten Fall nur in zwei Hälften oder verwandeln sie in kopflose Leichen. Alle fliehen oder liegen in einer Weise auf einem Haufen, die dem Ernst des Todes nicht gerecht wird: die Leiche meines Vaters, die meiner Geschwister, unseres Nachbarn und so vieler anderer. Sie haben sie erbarmungslos hingemordet und feiern in Sichtweite ihrer Leichen, unserer Leichen.

Ich höre das Knattern riesiger Helikopter, die wie Raubvögel in unserer Nähe landen und mit dem aufgewirbelten Staub

Geier, Hunde und Fliegen vertreiben. Aus den Hubschraubern steigen wichtig aussehende Menschen, begleitet von Wachleuten, die ihre Gewehre auf uns, die Straßen und die Baumwipfel richten. Sie tragen Mundschutz und blicken uns mitleidig an. Von Menschen, die ihre Umgebung mit Leben und Freude erfüllt haben, haben wir uns in verwesende Leichen verwandelt, die Gestank und Stille verbreiten.

Sie haben große Säcke dabei und stecken uns einzeln hinein. Uns und die Soldaten. Mich und meinen Bruder, der mich umgebracht hat. Mich und mein anderes Ich, das mich kaltblütig ermordet und seine Tat bejubelt hat. Uns Mörder und Opfer. Als sie sich über mich beugen und mich anheben, reißt sich meine Seele los und fliegt davon. Und als mein Körper in einen der Säcke gesteckt wird, löst sich mein oberes Auge aus der Höhle, kullert zu Boden und bleibt im Staub liegen. Ein Geier kommt herbeigehüpft, pickt es auf und fliegt davon. Nun sehe ich von hoch oben, wie wir in Säcken aufgereiht daliegen und gezählt werden: eins, zwei, zehn, hundert, fünfhundert, tausend, zweitausend … Dann heben sie eine Grube aus und bringen uns alle dorthin. Der Geier zieht seine Kreise mit meinem Auge, das alles sieht. Ich betrachte die Szenerie von oben und fühle Bedauern. Geier, die am Himmel kreisen, Flammen, die alles niederbrennen, Bäume, die sich in den Boden zurückziehen wie ein Schildkrötenkopf unter den Panzer. Und mit ebenjenem Auge, das der Geier jetzt auffrisst, sehe ich noch, wie ich erbarmungslos meinen Bruder töte, ungerührt meinen Vater ausraube, ohne ein Wimpernzucken meinen ganzen Stamm auslösche, lustvoll meine Schwester vergewaltige und mich selbst ermorde und dabei feiere.

Abreise nach Kosti

Unsicherheit, Schmerz und Furcht lasten auf Teresas Herz, ist sie doch plötzlich Bürgerin eines anderen Staates. Sie fühlt sich zunehmend verunsichert, um sie herum herrscht eine Spannung aus Kummer, Wut und Euphorie. Aus einem Land wurden zwei, und schon wird gefordert, denen, die zum anderen gehören, den Schutz zu entziehen und ihnen keine Medikamente mehr zu verkaufen. Auf der Straße werden sie belästigt. Die einen wollen, dass sie verschwinden, andere bitten sie zu bleiben. Ein Wechselbad der Gefühle bricht von allen Seiten über sie herein. Aber der Entschluss der Familie, aus Khartum in den Süden zurückzukehren, steht fest.

Unruhe erfasst ihren ganzen Körper wie ein Gift – so sehr, dass das ungeborene Kind in ihrem Bauch strampelt und wahre Eselstritte ausführt. Der Embryo rollt von einer Seite zur anderen und stößt Teresa ein Füßchen von oben ins Bein wie einen Speer, sodass sie vor Schmerz kaum noch laufen kann.

Das Haus haben sie billig verkauft und von dem Erlös Möbel angeschafft, dazu einen Generator und Reisetaschen, Säcke und Kisten, um alles zu verstauen. Teresa hat die Matratzen neu bezogen, beim Schmied kaputte Betten und Tischchen reparieren lassen und lässt sich von den Nachbarinnen beim Sortieren von Kochgefäßen und Kleidung helfen. Nach wenigen Tagen ist ihr gesamter Besitz in weiße Säcke verpackt.

Ein Lastwagen hupt traurig vor dem Haus; es ist das Zeichen zum Abschied. Teresas Herz schlägt heftig und ihre Füße werden bleiern. Die Nachbarinnen stoßen Klagelaute aus. Sie seufzt unhörbar, während sie ihren Kindern beim Zusammenpacken hilft. Jungen aus der Nachbarschaft tragen die Sachen Sack für Sack hinaus, als würden sie Leichname zur letzten Ruhe betten. Ihr Herz brennt. Mit stillem Weinen nimmt sie Abschied von ihren Nachbarinnen und lässt sie mit dem leeren Haus zurück, das sie schon nicht mehr als ihres ansieht. All ihre Kinder hat sie hier geboren, hier haben sie ihre ersten wankenden Schritte getan und ihre ersten Worte gesprochen. Sie weiß sogar noch genau, wo sie die Nabelschnur jedes einzelnen der Kleinen vergraben hat und wo ihre herausgefallenen Milchzähne. So viel Freude haben sie in diesem Haus erlebt und so manch traurigen Moment. Es hat sie in Zeiten von Not und Hunger beschützt und ihre Familiengeheimnisse bewahrt. Ein freundliches Haus, äußerlich wie unzählige andere: zwei Zimmer, zwei sich gegenüberliegende Balkone sowie eine Küche mit überdachtem Innenhof, in dessen einer Ecke in einer Halterung zwei große Tonkrüge hingen, darunter jeweils eine Schüssel zum Auffangen des frischen Tropfwassers, von dem Hühner, Katzen und herbeigeflogene Vögelchen tranken. Wie oft hatte man hier bei einem sudanesischen Kaffee zu einem Schwatz zusammengesessen oder hatte für eine Spargemeinschaft zusammengelegt!

Der Boden war mit rotem Sand bestreut, ringsherum hübsch blühende Setzlinge, ein Kaktus, eine Bougainvillea an der Tür, die wie ein junges Mädchen alle Blicke auf sich zog, eine Blätterhecke aus rankenden violetten Wicken. Basilikum stand neben den Betten, um nachts die Mücken fernzuhalten und an Spätnachmittagen Duft zu verbreiten. Ein kleiner Busch mit üppig sprießenden roten und weißen Blüten dominierte in einem pyramidenförmigen Hochbeet die Mitte. Nahe der Tür befand sich ein mit Marmorresten gefliestes Bad samt Bodentoilette, darüber ein Taubenturm und in der Ecke ein Hühnerstall. Selbst die Hühner und die kleinen Tauben wurden mit dem übrigen Gepäck verladen. Teresa kennt ihr Haus bis in den letzten Winkel, denn sie hat es liebevoll und geduldig selbst eingerichtet und ihm dabei Lieder gesungen wie einem Kind.

All das lässt sie nun hinter sich und weiß nicht, ob die Wunde je verheilen wird. Ein Riss geht durch sie und ihre Kinder, die von Freunden, Straßen und Schule Abschied nehmen müssen. Als der Lastwagen losfährt und die Nachbarinnen ein letztes Mal winken, spürt Teresa, Monate zu früh, Wehen. Nur die Katze haben sie den künftigen Bewohnern zurückgelassen. Das Tier erkennt den Ort nicht mehr und läuft miauend und orientierungslos im Kreis, während der neue Hausherr bereits mit Schlüsseln und Schlössern rasselt, als schlüge eine neue Stunde.

Es geht nach Kosti zum Binnenhafen am Weißen Nil. Von dort sollen sie per Schiff oder Fähre nach Süden weiterreisen. Teresa und ihre Familie sind nicht die Einzigen; aus allen Richtungen kommen Lastwagen mit Südsudanesen in Kosti an. In den Straßen stehen die Zeichen auf Abschied, auf allen Plätzen warten Menschen auf die Weiterreise. Schon werden erste Zelte und Sonnensegel aufgebaut. Familienväter, die ihre Arbeit aufgegeben haben, Mütter, die orientierungslos durch die Stadt laufen, und Kinder, die aus Schulen geholt worden sind, bilden ein Flüchtlingslager. Der Süden ist ihnen Hoffnung und Sehnsuchtsort, zugleich verheißt er Unbekanntes.

Die Straßen füllen sich mit endlosen Massen von Menschen, deren aufgetürmte Habseligkeiten aus der Ferne wie Müllhaufen wirken. Die *International Organization for Migration* registriert die Neuankömmlinge und weist ihnen einen Platz zu, wo sie einen Schutz vor Regen und Sonne bauen sollen. Überall stapelt sich in Stoff gewickelte Habe und schmilzt in der Hitze. Auf Plastiktüten prangt in blauen lateinischen Lettern die Abkürzung der Hilfsorganisation. Jede Familie bekam Küchengefäße, Matratzen, Decken und Moskitonetze, dazu etwas Mehl, Öl und rote Linsen. Erstaunlich, wie viele Weiße hier arbeiten!

Das Herz drängt nach Süden, das Heimweh drückt aufs Gemüt, allen geht es hier gleich. Alle spüren dieselbe Angst, alle warten ab, sie hoffen, sie klagen und schimpfen. Selbst gebrannter Schnaps wird verkauft, es wird getrunken, krakeelt und gehurt. Kinder testen ihre Grenzen, verschwinden für ein, zwei Tage, ein, zwei Monate, schon ist ein Jahr vergangen, und alle stecken sie in Kosti fest. Das Land ist geteilt, das Verlorensein frisst sie auf, sie kommen nicht vor und nicht zurück.

Im Zelt bringt Teresa ein Mädchen zur Welt und nennt es Rahil für Abschied. Rahil wächst heran. Sie zahnt und schreit, das schlechte Essen, der Durchfall ... Aber Rahil kommt durch, Rahil lacht!

Teresa hat schreckliche Angst um ihre Kinder. Eineinhalb Jahre sind sie nun schon ohne Schule. Nach zwei Jahren gerät die älteste Tochter in Panik wegen ihrer ersten Blutung, und der Schmerz macht sie krank. Teresa kocht ihr Pfefferminztee, tröstet sie und freut sich für sie. Vor allem aber hat sie Angst um sie. Sie erklärt ihr, wie sie Binden benutzen soll und dass sie sich von Jungen fernhalten muss. Der älteste Sohn ist in die Höhe geschossen und stößt mit dem Kopf an die Zeltstange. Nachts kommt er betrunken zurück und legt sich auf den Boden. Teresa schlägt ihn mit dem Kochlöffel, aber in seinem Zustand fühlt er nichts. Die mittlere Tochter ist krank geworden und stirbt mit gelben Augen und grünen Hand- und Fußflächen. Teresa trägt Schwarz und schneidet sich zum Zeichen der Trauer die Haare ab. Dann rasiert sie ihrem Mann und ihren Kindern die Köpfe. Die liebe, nette Mimi ist tot! Das ganze Camp ist in Trauer.

Teresa hat bei all diesem Chaos und den unbekannten, tödlichen Krankheiten Angst um ihre Familie. Sie befürchtet, sie könnten von Schlangen und Skorpionen gebissen werden, sie hat Angst vor dem schlammigen Wasser voller Algen und Bakterien, das alle genüsslich trinken. Sie macht sich Sorgen wegen der improvisierten schmutzigen und fast offenen Toiletten, die nach dem Urin von Betrunkenen stinken. Sie hat Sehnsucht nach ihrem Haus mit dem überdachten Garten, nach ihren netten Nachbarinnen, dem sandigen Hof und ihrem sauberen Bad.

Das Handy klingelt. Die früheren Nachbarinnen fragen: »Wie geht es dir und den Kindern?«

»Ach, gut«, sagt sie und muss eine Träne hinunterschlucken. Die Nachbarinnen kommen sie überraschend besuchen, Teresa weint vor Freude, die Nachbarinnen auch. Rahil springt von Stein zu Stein. Die Besucherinnen haben Essen mitgebracht: getrocknete Okraschoten, Mehl, Zucker, Tee, Kaffee, Trockenfleisch, Dauerbrot.

Der Besuch lindert ihr Leid etwas und gibt ihnen neue Kraft, tröstet sie darüber hinweg, dass sie so vieles haben verkaufen müssen. Doch von Tag zu Tag werden die Bewohner des Camps dünner, verfallen in Überdruss und Trostlosigkeit und wollen der Realität entfliehen. Rahil krabbelt auf der schwarzen, lehmigen Erde von Kosti herum. Der Vater läuft von einem Büro zum nächsten und fragt, wann sie dran seien, erhält jedoch stets zur Antwort, vor ihnen stünden noch

Tausende auf der Warteliste für die Abreise. Rahil zieht sich an Stuhlbeinen und den Stützen von Sonnensegeln hoch und versucht, aufrecht zu stehen wie die Erwachsenen. Alle warten.

Schon bricht ein Krieg zwischen Nord und Süd aus, und alles kommt zum Erliegen. Es werde gar nicht mehr gefahren, heißt es. Die Grenze sei geschlossen, die Ölpipelines lieferten nicht mehr, man streite über die Grenzregion Abyei und über Durchleitungsgebühren. Es ist Krieg. Der Dollar steigt, die Preise schießen in die Höhe und die mit Menschen und Gütern randvoll beladenen Schiffe und Fähren liegen ratlos im lethargischen Weißen Nil. Keiner kann mehr ablegen, die Grenze ist eine Festung aus Soldaten und Gewehren. Alle warten.

Die Vorräte sind aufgebraucht, das Geld ist ausgegeben und die Kinder haben Hunger. Um essen zu können, verkaufen die Menschen jetzt ihre Habe. Teresa stimmt widerwillig zu, dass ihr Mann den Schrank versetzt, und so essen sie ihren Schrank auf. Als er ihren einzigen guten Tisch zu Geld machen will, streitet sie mit ihm, gibt am Ende aber nach. So essen sie auch den Tisch. Sie überredet ihn, nun auch den Generator herzugeben, denn die Kinder brauchen zu essen. Die Grenze ist eine Festung, niemand kann hinüber oder herüber, die Rückkehrer müssen in der Glut von Kosti ausharren. Sie verkaufen Töpfe, Kleider und Abschiedsgeschenke von Freunden und Nachbarn. Die Grenze ist dicht, die Flughäfen auch, die Sonne verbrennt ihnen die Köpfe, der Regen verdirbt ihnen die Möbel, Stoff schimmelt, Holz vergammelt, die Feuchtigkeit schmerzt in Gelenken, Rost frisst sich in das Eisen von Betten, Herden, Kühlschränken und Wasserluftkühlern.

Der Hunger frisst die Ersparnisse vieler Jahre auf. Grundlegende Rechte werden aufgegeben wie alte Möbel. Alle warten und warten und hoffen auf die erlösende Nachricht. Der Ausrufer läuft durchs Lager und schreit auf Juba-Arabisch: »Kabra, kabra«, »Achtung, Achtung!« Er verkündet eine Abreise oder die Verteilung von Lebensmitteln. Wahrscheinlich ist beides gelogen.

Rahil macht ihre ersten Schritte und läuft von einem Sonnendach zum nächsten. Dann ist sie verschwunden. Ihre Mutter läuft klagend und jammernd durchs Lager, bis ein Verwandter das Mädchen zurückbringt. Teresa umarmt Rahil und schlägt sie auf den kleinen Po, küsst sie, zwickt sie in die Wange, schimpft mit ihr, gibt ihr die Brust und blickt ihr in die unschuldigen Augen. Rahil nuckelt, versinkt in Teresas halb wütenden, halb ängstlichen Augen und lächelt beim Saugen an der schwarzen Brustwarze, ohne abzusetzen, sie saugt sich den Mund voll Milch, Teresas Gemüt hellt sich auf, Rahil macht einen tiefen Atemzug und schläft ein.

Unterdessen tratscht das ganze Lager über die entlaufene Tochter einer säumigen Mutter, die – wer weiß – vielleicht sogar getrunken hat! Die Geschichte macht endlos die Runde, bis jemand sie Teresa selbst erzählt und sich abfällig über eine derart unachtsame Mutter äußert. Teresa stimmt in die Klage ein, als wäre es ihr nicht selbst passiert.

Rahil sagt jetzt »Mama« und »Papa«. Sie lacht und gluckst und schnappt nach Luft. Endlich kommt die frohe Nachricht: Die Weiterreise soll per Flugzeug erfolgen! Teresa und alle Frauen im Camp jubilieren, schon bald folgt jedoch die ernüchternde Anweisung, dass die Familien nicht zusammen reisen können. Jeweils eine Person muss zurückbleiben, um das Gepäck zu Lande oder zu Wasser hinterherzutransportieren, an die Grenze nach Renk oder nach Malakal weiter südlich.

Es ist am Vater, zurückzubleiben. Da sitzt er nun inmitten von zerlegten Betten, Zinkplatten für das Dach des neuen Heimes im Süden, vergammeltem Holz und sorgsam gefalteten Matten und Kleidern. Wenn es gerade nicht regnet, brennt die Sonne auf Sessel, den kaputten, verrosteten Ventilator, den Brotkorb, hübsch verzierte Abfalleimer, eine Gasflasche, einen Haken zum Fleischtrocknen, auf Bücher, Schuhe, vergilbte Zeitungen, auf den Kopf gestellte Wasserkrüge, den Hühnerkäfig, Mimis Grab und Rahils Puppen und Spielsachen.

Die Familie verläßt das Lager mit all seinem Lärm, seinem Labyrinth aus Gassen, seinen Gefahren und seinen Trunksüchtigen, die Stühle und Töpfe stehlen, um sich vom Erlös den nächsten Rausch zu finanzieren.

Teresa und die Kinder steigen eilig in den Reisebus zum Flughafen von Khartum. Die Straßen sind verstopft, Menschen winken rechts und links zum Abschied. Die Reisenden erinnern sich an ihre alten Viertel, an ihre Freunde und Nachbarn, an ihre Kindheit, ihre Hochzeit und die Gründung ihrer Familie. Erinnerungen, die das Herz schwer machen. Stummes Weinen.

Wie Verjagte fahren sie an Dörfern und Städten vorbei, hin- und hergerissen zwischen Stolz und Abneigung. Endlich kommen sie weg von hier, und diesmal ist es ein Abschied für immer. Ihr Leiden, ihr Kampf, der Krieg würden ein Ende haben. So viele sind gestorben, so viel haben sie geopfert, heimatlos sind sie umhergeirrt. Sie sind wütend und weinen stumm.

Kosti ist nur noch Vergangenheit, eine Sorge, ein Dorn im Fleisch, ein stummer Zeuge von allem, was gewesen ist. Endlich erreichen sie Khartum, den internationalen Flughafen mitten in einem Wohngebiet, und fliegen los. Erinnerungen fallen von ihnen ab, Wunden schließen sich und beginnen zu heilen.

Teresa und ihre Kinder fliegen nach Juba, Rahil turnt auf dem Schoß ihrer Mutter herum. Freundliche Hostessen verteilen Süßigkeiten und überschütten die Kinder mit Spielsachen. »Glückliche Heimreise!« Teresa spielt Rahils Spielchen mit und lacht aus tiefstem Herzen. Die Jungen schauen aus dem Fenster und verlieren sich im weiten Raum. In einer Stunde sollen sie landen. Noch schweben sie in den Wolken, die Flügel der Maschine schneiden durch sie hindurch und alles wackelt. Die Menschen halten den Atem an wie in einem kenternden Boot, bis sich das Flugzeug stabilisiert, sie atmen und lächeln wieder. Sogleich werden die Wolken aufs Neue umarmt, kaum taucht die Maschine aus der einen auf, wirft sie sich der nächsten in die Arme, sie wankt, Teresa presst Rahil an sich und drückt die Augen zu, bis hinter ihren Lidern Lichtfäden aufblitzen.

Während des Landeanflugs wird der Druck auf die Ohren immer stärker. Rahil weint, Teresa umarmt sie und gibt ihr die Brust, der Blick des Mädchens geht durchs Fenster in die Ferne. Das Flugzeug neigt sich zur Seite. Teresa sieht Grün, so weit das Auge reicht, ihre Sehnsucht breitet die Arme aus. Wie lang diese Reise gedauert hat! Die größeren Kinder starren wie gebannt aus den Fensterchen, die Kleineren lärmen, schreien, machen freudige Gesten, und die Erwachsenen erklären ihnen, dies sei ihr Land. In ihren Augenwinkeln glitzern Tränen wie Perlen.

Am Point Zero

Ich bin einsam. Allein bin ich nicht, denn um mich herum scharren schmutzige Hühner in der Erde nach Würmern und Körnern. Wenn ich mich ablenken will, greife ich mir eine alte Zeitung aus dem Stoß von Papieren, um längst überholte Nachrichten zu lesen. Dabei stoße ich auf Fotos von meinen Kindern in verschiedenen Altersstufen, Familienfotos von Feiertagen und Bilder mit Arbeitskollegen. Ein ganzes Leben, festgehalten auf dünnem Karton, zieht beim Blättern vor meinen Augen vorbei.

Das kühle Regenwetter setzt mir zu, und ich träume mich in unser altes Heim zurück, das ich für wenig Geld verkaufen musste. In Gedanken schließe ich Fenster und Türen und mache es mir behaglich. Ach, wie ich Fenster und Türen vermisse! Wenn man jahrelang unter freiem Himmel in einem Lager lebt, sehnt man sich nach solch einfachen Dingen oft mehr als nach dem Land, das man verloren hat. Dazu die Sorge um einen Haufen Hab und Gut, das einem auch noch gestohlen werden könnte. Warum klammert man sich eigentlich an das alte Zeug, wenn man gehen muss? Aus Sehnsucht nach den guten alten Zeiten, aus nostalgischer Schwäche für Gegenstände, die man lange entbehrt hatte und an denen man sich nach dem Kauf ein paar Tage lang erfreut hat? Möbel gehören zur Familie. Man gibt sie nicht einfach auf, man muss sie bewachen, beschützen und in Schuss halten.

Aber zuweilen überkommen mich Zorn und Gram. Habe ich nur wegen dieser Möbel drei Jahre lang hier ausgeharrt und konnte nicht in meine Heimat im Südsudan reisen?

Wegen dieses Krempels, der vom Regen halb verschimmelt und verrostet und in der Hochsommersonne ausgedörrt ist? Dafür habe ich Teresa und die Kinder ziehen lassen? Bestimmt haben sie im Süden längst ein neues Leben begonnen, sich neu eingerichtet und Teresa gefällt es dort. Oft genug war ich versucht, alles stehen zu lassen und ihnen hinterherzuziehen. Aber vielleicht wäre Teresa dann böse, denn Möbel sind für Frauen das Höchste. Also abwarten. Ich muss Geduld aufbringen wie alle anderen hier. Frauen haben hier schon ihre Männer oder Kinder verloren, weil niemand sicher ist. In der Wildnis ringsum wimmelt es von Banden und Kriegern, die nur darauf lauern, junge Männer zu entführen, um sie für Kriege zu rekrutieren, die für wer weiß wen geführt werden. Ich bewundere die Zähigkeit dieser Frauen.

Arbeitslose haben sich zu Bewachern der Habe von Leuten aufgeschwungen, die irgendwann fortgegangen sind und alles hiergelassen haben. Eine schlaue Idee! Die Besitzer schicken ihnen ab und an aus der Ferne kleine Geldbeträge. Doch wenn die ausbleiben, verhökern die vermeintlichen Wächter ein paar der Sachen, um sich Essen zu kaufen, es zu vertrinken oder eine Frau damit glücklich zu machen. Wir sind zwar viele hier, und Hausstand türmt sich in Säcken, so weit das Auge reicht, aber ich habe mich immer noch nicht mit der Situation arrangiert. Noch habe ich Hoffnung. Die Hoffnung ist ein Feind, denn wenn man zu viel davon hat, wiegt die Enttäuschung nur noch schwerer und legt sich wie ein Fels aufs Herz. Könnte ich kapitulieren wie die anderen und mich in meine Lage fügen, wäre es einfacher. Aber weit gefehlt. Ich bin chronisch erkrankt an der Hoffnung, dass wir alle hier eines Tages unseren kaputten Kram packen und in den Süden zu unseren Familien fahren können. Zugleich bin ich des Wartens überdrüssig.

Seit Jahren stecke ich zwischen Nord- und Südsudan fest. Wir sind dem Süden zwar näher gekommen, aber wir erreichen ihn nicht. Unsere Reise endete mit der Asphaltstraße, wie auf geheimen Befehl. Ab hier gibt es nur noch Wege durch Gras- und Baumsteppe. Hier ist der *Point Zero*, ein launischer, mehrdeutiger Name, der auf einen Anfang oder ein Ende hinweisen kann. Die Straße aus dem Norden bricht ab und es beginnen die Staubpisten des Südens. *Point Zero*, ein ebenso kluger wie tückischer Name. Die Null bezeichnet ein Nichts, ein schwarzes Loch, das meine Hoffnungen und Träume verschluckt. Mein Verstand streikt, das abrupte Ende der Straße wirkt auf mich wie ein Schreckenswesen, dem man hier an der Grenze den Schwanz abgeschnitten hat.

Hier haben wir haltgemacht, weit weg von jedem bewohnten Ort, damit es nicht zu Streit kommt, schließlich sind wir Südsudanesen dafür bekannt, einander wegen banalster Dinge an die Gurgel zu gehen und dabei kein Menschenleben zu schonen. Im Norden lebten wir genauso, auch dort hatte man unsere Vertriebenencamps weit entfernt von Siedlungen angelegt. Jetzt leben wir in einem Rückkehrercamp, aber immerhin in Frieden. Es ist besser, wenn man den Stolz der hier lebenden Einwohner nicht mit der Frustration von Rückkehrern konfrontiert, die im Norden alles hinter sich lassen mussten und doch das andere Ufer im Süden noch nicht erreicht haben.

Wir mussten Zelte aufschlagen und uns an ständig wechselnde Nachbarn gewöhnen. Im Unglück halten wir zusammen, denn wir haben hier sonst niemanden. Aus jeder Familie ist nur einer da, um die Habe zu bewachen und damit irgendwann die Grenze zu überqueren. Noch ist sie gesperrt, was auf ein Abkommen zwischen den Regierungen und der *International Organization for Migration* zurückgeht. Ich habe zwei Nachbarinnen, eine neben mir und eine hinter mir, weitere Nachbarn sind ein Alkoholiker und ein Junge, der die Habe von drei Familien bewacht, wofür er jeden Monat bezahlt wird. Dabei tut er nichts, wir Erwachsenen kümmern uns um die Sachen, die er angeblich bewacht. Sobald er Geld bekommen hat, macht er sich aus dem Staub. Er hängt sich an ein Fahrzeug und fährt in die nächste Stadt, die einen halben Tagesmarsch entfernt liegt. Dort macht er eine Sause und kommt mit leeren Taschen zurück. Nur ab und an bringt er uns zum Dank einen Beutel Mehl mit.

Meine zwei freundlichen Nachbarinnen haben ihren Mutterinstinkt irrtümlich auf mich gelenkt. In kürzester Zeit wurden wir zu einer Familie, sie, der ausschweifende Junge, ich und meine dreckigen Hühner. Endlich kann ich wieder zu Menschen sprechen anstatt wie bisher nur zu meinen Hühnern. Gemeinsam trotzen wir Stürmen und Regen, der Angst und dem leeren Magen und widerstehen tapfer der Sehnsucht nach unseren Kindern. Wir wischen uns gegenseitig die Tränen ab, wenn der Empfang wieder einmal so schlecht ist, dass die Handys nicht funktionieren und es auch nichts nützt, auf Hügel oder Dächer zu steigen, um auch nur einen Satz einigermaßen zu verstehen. Bei unserem letzten Telefonat konnten Teresa und ich uns immer nur »Hallo, hallo« zurufen, dann tutete es und die Verbindung brach ab. Wir versuchten es immer wieder, aber vergeblich, bis ich so wütend war, dass ich das Gerät auf dem nächstbesten Stein zertrümmerte und lautlos weinte. In mondlosen Nächten halten meine Nachbarinnen und ich uns mit Geschwätz wach, um andere Leute daran zu hindern, unsere Töpfe und Möbel zu stehlen und sie für ein Glas Arrak einzutauschen. So halten wir auch die Hoffnung auf bessere Nachrichten aufrecht, vor allem darauf, dass die Ausrufer bald bekannt geben, dass die Abreise nach Bur, Waw oder Juba möglich ist.

Vorsichtshalber mache ich mich bereit und ziehe eine feste Hose an. Selbst geschlossen rutscht sie mir bis zu den Füßen hinunter. Meine Güte, wie viel Gewicht habe ich schon verloren? Ich muss mir den Gürtel doppelt um die Taille wickeln, damit er hält. Dann ordne ich meine Sachen, auch wenn sie ja schon von Teresa und unseren netten Nachbarinnen in Khartum gepackt wurden. Ich suche meine Hühner zusammen und stecke sie eins nach dem anderen in den Käfig. Die Hühner sind meine Familie. Sie sind bereits die zweite oder dritte Generation, alle schwarz-weiß gefleckt. Ich habe sie zuweilen mit ocker- und goldbraunen Hühnern gekreuzt, nachdem sie vorher immer nur von gerupften Hähnen im Camp besprungen worden waren, aber sie alle sind meine. Jeder hier weiß das, denn nur ich kam mit einem Käfig voller Hühner und Küken an. Sie sind nicht nur meine Hühner, sondern auch mein Essen und meine Familie, sie hören mir zu, ohne selbst zu sprechen. Ich koche ihre Eier und verspeise hin und wieder ein Hühnchen, aber je besser ich sie kenne, desto seltener bringe ich es übers Herz, sie zu schlachten. Allerdings kennt der Hunger bekanntlich keine Freundschaft. Die Hühner füllen die Lücke, die meine abgereiste Familie hinterlassen hat. Nicht nur Mutterinstinkte, auch Vaterinstinkte können fehlgehen, und so sind diese Hühner nun meine Kinder, die meinen Tagen einen Rhythmus geben. Bei Sonnenuntergang scheuche ich sie immer in den Käfig. Wenn eines fehlt, durchkämme ich das ganze Lager nach ihm, fange Streit an und bin bereit, jedem an die Gurgel zu gehen, der sich an meinen

Hennen vergreift. Es ist schon vorgekommen, dass jemand einer von ihnen den Hals umgedreht, sie über einem Feuer aus trockenem Schilf gebraten und seinen Hunger an ihr gestillt hat. Meine Hühner aber sind mein Leben, seit Teresa und die Kinder weg sind! Sogar Namen habe ich ihnen gegeben.

Endlich kommt die freudige Nachricht: Ich darf meiner Familie nachreisen! Mein Herz hüpft so freudig in die Höhe, dass es schmerzt. Wie wird Teresa mich wohl empfangen? Wie groß sind meine Söhne und Töchter? Ach, wie groß ist erst meine Sehnsucht nach Rahil! Ich streiche mir eine Träne von der eingefallenen Wange und lächle dabei.

Zeitgleich mit Zugvögeln, die ihre Nester wieder beziehen, komme ich in Juba an. Überall zirpt und zwitschert es laut, während Frauen Freudentriller ausstoßen, um die Rückkehrer zu begrüßen. Ich fühle eine Mattheit in allen Gelenken und klammere mich an den Hühnerkäfig, so als könnten nur meine Hennen eine Stütze für mich sein. Ich stehe neben dem Lkw, auf dem unsere Habe liegt wie Fischgräten nach einem Gelage. Eigentlich ist alles nur noch Schrott, aber ich musste es mitbringen, sonst hätte ich Teresa das Herz gebrochen. Mir ist, als brächte ich die Überreste eines lieben Menschen mit, den ich in seiner Heimat bestatten will.

Plötzlich überkommt mich ein verwirrender Gedanke: Wird meine Familie mich überhaupt wiedererkennen? Als ich eine sanfte Hand auf der Schulter spüre, drehe ich mich um. Da steht Teresa, Rahil auf dem Arm, und weint. Und schon umschlingen mich so viele Leiber, dass mir die Luft wegbleibt und mich ein Schwindelgefühl erfasst. Ich nehme wieder den Hühnerkäfig, um den Umarmungen zu entkommen, obgleich mir die Wärme Teresas und meiner Kinder guttut. Sie sind mittlerweile so groß wie ich selbst, nur Rahil blickt mich verwundert an.

Die Stadt, die Menschen, meine Kinder, alles hat sich verändert. Auch Teresa scheint zäher als früher zu sein und weiß, was sie will. Die Kinder sind herangewachsen und nennen mich Papa, nur Rahil nennt mich Onkel – die höfliche Anrede für einen fremden Mann. Schmerzhaft zeigt sie mir die Grenzen unserer Beziehung auf. Es gibt kaum ein befremdlicheres Gefühl als das, wenn einen das eigene Kind nicht erkennt.

Inzwischen gehen meine anderen Kinder zur Schule, Teresa auch. Sie arbeitet als Lehrerin in einem heruntergekommenen Gebäude ohne Mauer und unterrichtet rotznäsige Kinder. Wieder bin ich mit meinen Hühnern allein und mache mich daran, unsere verkommene mitgebrachte Habe in der Wohnung zu ordnen. Ich entsinne mich der Tage im Lager und sehne mich nach der fehlgeleiteten Mütterlichkeit meiner dortigen Nachbarinnen, nach den hochgewachsenen Mais- und Sesamstauden und den ebenso schlanken Dinka-Mädchen in Renk, wo man sich für kleines Geld auf den Feldern verdingen konnte. *Saudi-Arabien mit der Sichel* nannten wir das. Zur Zeit der Ernte waren alle gut gelaunt und steckten uns etwas Geld zu, und das Leben schien uns bedeutsam zu sein! Nie hätte ich gedacht, dass mich die Rückkehr in die Heimat so traurig stimmen könnte. Nun weiß ich nicht mehr, was ich will. Der Mensch ist seltsam ...

Während ich meinen Gedanken nachhänge, tippt Rahil mich an. Ich blicke sie so reserviert an wie sie mich, wobei ich mir nicht sicher bin, ob ich ihr Unrecht tue. »Onkel«, sagt sie wieder. Ich beiße mir auf die Lippen und schaue sie fragend an.

»Pflückst du mir die Papaya dort?«, bittet sie.

Ich blicke in die Richtung ihres in den Himmel gestreckten Fingers und bin überrascht. Mir ist, als sähe ich diesen schlank aufgeschossenen Baum zum ersten Mal. Er biegt sich unter reifen, gelb schimmernden Früchten. Sonnenstrahlen stechen mir durch die Äste wie Nadeln ins Auge. Ich lasse die Hühner und die kaputten Möbel stehen und sehe mich um. Nicht weniger als sechs ausladende und fruchtbehangene Papayabäume stehen um das Haus, dazu zwei Mangobäume mit großen grünen Früchten, die ebenfalls zur Reife ansetzen, und ein dichter Guavenbaum, der sein Obst abwirft, wenn der Wind ihn streift. Niembäume strecken ihre Wurzeln auf der schattigen Erde in alle Richtungen. Wann ist das alles gewachsen?

Ich habe meine Verwunderung wohl laut ausgesprochen, denn Rahil scheint mich gehört zu haben. Sie reicht mir eine Bambusstange mit Drahthaken zum Pflücken und antwortet: »Die sind schon immer da!«

Zitternd nehme ich die Stange, pflücke erst eine Frucht, nehme sie in die Hand, dann eine weitere und noch eine ... Ich hole eine Schale und schneide die Papayas in Scheiben, während Rahil sie mit Appetit verzehrt. So sitzen wir im Schatten und essen das süße Obst. Rahil wendet die Augen nicht von dem Stück, das sie in der Hand hält, und der Saft fließt ihr über die ins Fruchtfleisch gepressten Finger.

»Schmeckt's?«, frage ich lächelnd.

»Sehr lecker, Onkel Papa!«, antwortet sie mit verschmiertem Mund. Sie unterbricht ihr Kauen, sodass ihr der Fruchtsaft aus dem Mund läuft. Ihr ist wohl nicht entgangen, dass mich das Wort Onkel noch immer stört. Jetzt muss ich darüber lachen, wie trickreich sie ein »Papa« drangehängt hat, und sie lacht ebenfalls, bevor sie weiterisst. Mich überfällt ein wohliges Gefühl: Endlich ist meine Seele vom Point Zero nachgekommen.

In einer Mondnacht

Schatten spendend, von kräftigem Stamm, dichter Krone und hochgewachsen, so kannte ich den Baum, der mitten in unserem Dorf stand und sorgsam über die Hütten wachte. In seinem Schatten besprachen die Dorfältesten Dinge von allgemeinem Belang, Jugendliche und junge Männer spielten und schwatzten dort, und um sie herum saßen Frauen und flochten Zöpfe oder bestickten Stoff. Zudem bot der Baum Durchreisenden einen Ruheplatz, und in mondhellen Nächten tanzte man hier zu dröhnenden Trommeln.

An jenem Abend ging am Himmel der Vollmond auf, und wir jungen Leute bereiteten uns auf eine stimmungsvolle Nacht mit Tanz und Gesang vor, in der wir Wünsche aussprechen und jemandem unsere Liebe erklären könnten. Groß gewachsene junge Frauen mit Perlenketten um den Hals und Armreifen aus Elfenbein versammelten sich, die Glöckchen an ihren Füßen klirrten, und sie trugen kurze Röcke, die nur ihren Unterleib bedeckten. Der Tanz begann und die Körper wiegten sich im Takt, da erhob sich plötzlich Geschrei. Ein paar junge Männer waren sich in die Haare geraten, Mädchen schrien, Chaos brach aus. Jemand forderte lautstark, die Frauen sollten in ihre Häuser gehen. Verschreckt eilten diese davon. Drei junge Männer aus einem Nachbardorf hatten den Streit angezettelt, unsere Jungs versuchten sie abzuwehren, verprügelten sie und brachten die Störenfriede schließlich dazu, abzuziehen. Der Zank endete scheinbar wie gewöhnlich, ohne dass ernsthaft etwas passiert wäre.

Aber noch in derselben Nacht geschah etwas Ungeahntes. Eine gewaltige Flamme erleuchtete das Dorf, die Schatten der Menschen und unserer Hütten hüpften hier- und dorthin. Jemand hatte den Baum angezündet! Das ganze Dorf lief zusammen und stand bestürzt vor dem brennenden Baum. Uns war, als stünden wir selbst in Flammen. Einige versuchten, den Brand zu löschen, doch die Flammen hatten schon die Krone erreicht, fraßen die Blätter und zischten dabei wie Schlangen. Wir fühlten mit dem Baum und glaubten ihn rufen zu hören: »Rettet mich!«

Aber wer sollte es wagen, einen brennenden Baum zu besteigen? Während wir so dastanden und ratlos überlegten, was zu tun sei, hörten wir in der Ferne ein Grollen und Donnern. Wir richteten unsere Blicke zum Himmel. Dichte Wolken hielten den Mond verdeckt, und es dauerte nicht lange, bis es heftig zu regnen begann. Noch immer standen wir da und sahen zu dem Baum, dessen Äste sich im Feuer bogen, aber nun trat ein wenig Hoffnung in unsere furchtsamen Herzen. Würde der Regen das Feuer löschen? Tatsächlich! Doch es blieb die quälende Frage, wer unseren Baum in Brand gesetzt hatte.

Er stand noch, war jedoch verkohlt und sah mit seinen kahlen Ästen bedrückend aus. Vor allem nachts wirkte er wie ein Geist, der das Dorf auffressen wollte. Alle, die an ihm vorbeigingen, fragten sich, ob er je wieder Blätter tragen würde. Würde er ins Leben zurückfinden, nachdem der Tod ihm seinen Stempel aufgedrückt hatte? Würde er das Dorf wieder lebendig machen?

Eines Tages saßen wir wieder einmal unter dem Baum zusammen, der kaum noch Schatten bot. Wir sprachen über die schönen Tage, die wir hier früher verbracht hatten, und schimpften über die Bewohner der umliegenden Dörfer, denn ganz sicher hatten sie bei der Zerstörung unseres Baumes die Hände im Spiel gehabt. Ich blickte nach oben, als wollte ich mich bei dem toten Baum dafür entschuldigen, dass wir ihn nicht hatten schützen können.

Plötzlich sah ich etwas in meiner Fantasie – nein, es war Wirklichkeit! Zwischen den verkohlten Ästen schob sich ein kleiner Zweig hervor, man sah ihn noch kaum, er verbarg sein Grün schüchtern in den Brandresten. Ich sprang auf, als hätte mich etwas gebissen, kletterte den Stamm hinauf, die Augen auf den Zweig gerichtet und die besorgten Fragen meiner Freunde ignorierend, was ich denn gesehen hätte. Ich wollte sichergehen, dass ich mir das nicht nur eingebildet hatte. Als ich die Stelle erreichte, rief ich erfreut: »Der Baum lebt! Er hat es überlebt!«

Ich umarmte den Zweig, als wäre er ein Teil von mir selbst, während meine Freunde den Stamm umschlossen, als wäre er ihre Mutter, die lange weg gewesen und nun zurück war.

Verwelkte Blumen

Er kam mit den ewiggleichen langsamen, schleppenden Schritten daher. Nie sah man ein Lächeln auf seinen Lippen. Jeden Tag zur gleichen Zeit betrat er das Café und ließ seinen dürren Leib auf denselben Stuhl in der hintersten Ecke sinken. Er bestellte eine Tasse Kaffee, sprach mit niemandem. Nur manchmal setzte sich ein Freund zu ihm, wechselte ein paar Worte mit ihm, erhob sich dann mit trauriger, mitleidiger Miene und ging wieder.

Sie balancierte ein Tablett auf dem Kopf und ging auf ihn zu, immer langsamer, als nähere sie sich einem Heiligtum. Behutsam stellte sie das Tablett auf dem Tisch ab, er nahm ein Tütchen Erdnüsse und gab ihr etwas Kleingeld. Dabei lächelte sie ihn an, aber er war gedanklich in einer anderen Welt. Sie setzte sich das Tablett wieder auf den Kopf und machte sich auf den Weg. So ging das tagein, tagaus.

Doch eines Tages kam er nicht ins Café, und sein Stammplatz wirkte noch trister, als er ohnehin schon war. Die Erdnussverkäuferin suchte ihn drei Tage lang wie ein Schmetterling eine Blüte, bis sie erfuhr, dass er krank im Bett liege. Um herauszufinden, wo er wohnte, folgte sie bei nächster Gelegenheit heimlich dem Mann, der zuweilen im Café bei ihm gesessen hatte. Ihn krank zu wissen, machte sie so traurig, dass es selbst ihren anderen Stammkunden auffiel. Sie vermissten ihr Lächeln, ihre weichen Bewegungen und freundlichen Worte.

Schließlich ging sie ihn besuchen. Mit Blumen in der Hand klopfte sie an seine Tür, dann noch einmal, und trat ein. Sie war in seine abgeschiedene kleine Welt eingedrungen, und wieder kam es ihr vor wie das Betreten eines Heiligtums. Sie hörte ein Räuspern, dann eine tieftraurige Stimme: »Wer ist da?«

»Ich bin's, die Erdnussverkäuferin«, ließ sie ihre Kinderstimme vernehmen und betrat sein Zimmer.

Als sie sein erstauntes Gesicht sah, entschuldigte sie sich: »Es tut mir leid, wenn ich störe. Ich wollte dich einfach besuchen. Frag mich nicht, warum, ich weiß es selbst nicht.«

»Ich danke dir, liebe Schwester«, gab er zurück und sah schon zufriedener aus. Da fasste sie Mut und hielt ihm die Blumen hin, die er mit einer Dankesgeste entgegennahm. Sie musterte sein Zimmer. Es war dunkel und trostlos wie ein Grab, alles stand kreuz und quer herum, und es roch zum Gotterbarmen. In einem alten Regal standen Bücher mit verblichenen Einbänden aufgereiht und sämtliche Ecken zierten kunstvolle Spinnweben. Wieder wurde sie zum Schmetterling, flatterte durchs Zimmer, staubte ab, räumte auf und öffnete die Fenster. Über das Licht und die frische Luft freute sich der Kranke nicht gerade, aber sie ignorierte seine Einwände.

»Wann waren diese Fenster das letzte Mal offen?«, fragte sie, erhielt aber keine Antwort. Er wusste es nicht. Stattdessen erzählte er, dass er an einer Erbkrankheit leide. Es gehe zu Ende mit ihm, er zähle nur noch seine letzten Tage auf Erden.

»Statt dass du deine letzten Tage zählst, solltest du lieber darüber nachdenken, wie du die Zeit nutzen könntest, um dir und anderen eine Freude zu machen«, entgegnete sie und deutete auf die Blumen: »Sieh mal diese Blüten! Sie zeigen sich dir von ihrer schönsten Seite und duften, um dich zu erfreuen, auch wenn sie schon in wenigen Stunden verwelken. Warum machst du es nicht genauso? Mach anderen Menschen eine Freude!«

Sie bekam keine Antwort. Als sie ihr Tablett wieder auf dem Kopf platziert hatte und sich verabschiedete, wusste sie nicht, ob sie ihn mit ihren Worten missmutig oder froh gestimmt hatte. Aber am nächsten Tag sah sie ihn mit großen Schritten und einem Lächeln auf den Lippen herbeikommen. Sein Gesicht sah frisch und jung aus, und alle, die ihn immer nur bedrückt erlebt hatten, blickten ihn verwundert an. Er hielt mit lebensfrohen Augen nach ihr Ausschau, doch als er auf sie zukam, sprang sie in ein Taxi und fuhr davon. Er konnte ihr nur noch dankbar hinterherwinken. Sie kehrte nie wieder zurück, und wie sehr er auch nach ihr suchte, er fand sie nirgends.

Da begriff er, dass sie ihm Glück geschenkt hatte und dass es an ihm war, dieses an andere Menschen weiterzugeben. Er würde lächelnd sterben, selbst wenn andere um ihn weinten.

Eine ganze halbe Leiche

Vor langer Zeit, als Kinder noch nichts zu sagen hatten, geschah es, dass zwei Frauen einen Streit um einen Jungen führten, den jede als ihren Sohn beanspruchte. Der Richter wollte ein gerechtes Urteil sprechen, und so ordnete er an, dass der Junge in zwei Teile geschnitten werden solle, sodass jede der beiden Frauen eine Hälfte von ihm bekäme.

Die eine der beiden Streitenden erklärte sich rasch einverstanden, während die andere haderte und den Richter anflehte, das Kind nicht zu zerteilen, lieber solle die andere es für sich haben! Da wusste der Richter, welche Mutter die echte war, und sagte: »Eine wahre Mutter lässt nicht zu, dass ihrem Kind Leid geschieht.« Und verfügte, ihr den Jungen zu geben.

* * *

Vor nicht so langer Zeit, als Mütter nichts zu sagen hatten, geschah es auch, dass sich zwei Brüder um ihre Mutter stritten und ein jeder von ihnen behauptete, sie sei ganz allein seine. Der Richter wusste nicht recht, wie er entscheiden sollte, und die Jungen waren sehr unterschiedlich. Der eine erweckte den Eindruck, alles für sich haben zu wollen und in Wohlstand zu leben, der andere aber war mittellos und in Not. Und doch beharrte jeder der beiden darauf, dass die Frau seine Mutter sei. Um gerecht zu entscheiden, hielt sich der Richter an die alte Weisheit, die er bereits bei dem Streit der beiden Frauen um den Jungen zur Anwendung gebracht hatte. Vielleicht würde sich auch hier in ähnlicher Weise die Wahrheit offenbaren.

Daher befahl er, die Mutter zu zerteilen und jedem der beiden Brüder eine Hälfte von ihr zu geben. Er hatte erwartet, dass einer von ihnen nun zurückschrecken würde, aber sie schwiegen beide, als wären sie einverstanden. Daher wies der Richter den Henker an, die Frau zu zerteilen, damit der eine Junge den Oberkörper und der andere den Unterkörper bekäme, doch nun riefen beide gleichzeitig: »Nein, ich begnüge mich nicht mit der Hälfte!« und stritten weiter.

Der Wohlhabende meinte: »Nimm du die untere Hälfte, da sind die Beine dran. Schließlich bist du seit Jahrzehnten obdachlos, so sollte dir dies zugutekommen.«

»Nein«, widersprach der Mittellose, »für mich ist der Oberkörper! Denn ich konnte nie ihren Verstand, ihr Herz und ihren Schoß genießen, deswegen will ich die obere Hälfte haben!« Und weiter stritten die beiden, bis es fast zu Handgreiflichkeiten kam. Der Richter wurde immer ratloser. Wie konnte es sein, dass Weisheit und Eingebung ihn so im Stich ließen? Die Herzen dieser beiden Söhne waren wohl wirklich aus Stein.

* * *

Und so ordnete er an, das Urteil auszusetzen, bis sich die beiden Jungen beruhigt hätten und er sich mit seinen beiden Verbündeten, der Weisheit und der Eingebung, besprochen hatte. Die Eingebung sagte: »Lass die Mutter in zwei Teile teilen, aber der Länge nach!« Und die Weisheit pflichtete bei: »So ist es am klügsten, denn auf diese Weise bekommt jeder einen *ganzen* halben Körper.« Der Richter war es zufrieden, glaubte, somit dem Gesetz Genüge zu tun, und entschied, die Mutter der Länge nach zu teilen. Auch die beiden Söhne stimmten zu im Glauben, dass ihr Streit so ein Ende nähme.

Der Begüterte schien einverstanden, der Mittellose war hin- und hergerissen, bis die Wut die Oberhand gewann, und so teilte der Henker die Frau in zwei Hälften, in zwei halbe Mütter mit halbem Verstand, halber Sehkraft, halber Zuneigung, halber Erinnerung, halber Freude und Traurigkeit, halbem Fleisch und Blut. Einzig und allein der Schmerz stand ungeteilt und vollständig vor den beiden Leichenhälften.

* * *

Jeder der Jungen nahm nun seinen halben Körper und jeder fühlte sich als Sieger, bis der Begüterte bemerkte, dass in seiner Hälfte kein Herz war. Der Mittellose hingegen entdeckte, dass in seiner Hälfte die Leber fehlte. Und so zogen sie die Waffen und gingen aufeinander los, um sich mit Gewalt zu nehmen, was ihnen fehlte. Dieser Krieg beschäftigte sie lange Zeit, und beide vergaßen, ihre jeweilige Hälfte zu begraben. Gestank breitete sich aus, und die Nachbarn zwangen sie, ihren Kampf einzustellen. Erst jetzt bestatteten die beiden Brüder ihre Hälfte des Leichnams. Dabei stellten sie zu ihrer Erschütterung fest, dass die tote Mutter einen Embryo in sich trug, den sie zuvor übersehen hatten! So begruben beide die Hoffnung auf ein neues Leben.

Im ersten Morgenlicht gellten zwei Schreie durchs Haus und beide Brüder schlugen panisch die Augen auf. Es war nur ein Albtraum gewesen! Sie rannten durch ihr großes Haus und suchten ihre Mutter. Diese saß auf dem Balkon und genoss die kühle Brise vor Sonnenaufgang, im Arm ihre beiden Enkel, die noch schliefen. Überrascht wandte sie sich ihren beiden Söhnen zu, die mit lauten Schritten durchs Haus gerannt waren, und noch bevor sie fragen konnte, was los war, strahlten beide erleichtert. Gott sei Dank war der Streit, der zur

Zerteilung ihrer Mutter und einem bitteren Krieg geführt hatte, nur ein böser Traum gewesen! Jeder nahm sein Kind in den Arm und jeder sang ihm ein Lied von einer glücklichen Zukunft vor. Daraufhin schlief ihre Mutter ihrerseits ein und träumte von endlosen grünen Feldern und zukünftigen Generationen, die in Glück und Frieden lebten. Auf ihren Lippen lag ein heiteres Lächeln, das aussah wie ein Sternchen, das der Geschichtslehrer einem Schüler ins Heft malt.

Die Flucht vor dem Monatslohn

Vom Regen frisch gewaschen, boten sich die Plätze der Stadt im schönsten Grün dar und dufteten nach Fruchtbarkeit und feuchter Erde. Schwer hingen Mangos, Papayas, glitschige gelbe Niemfrüchte, Guaven und Zimtäpfel von den Bäumen. Der Himmel zügelte seine Tränen, nur vereinzelt noch fielen Regentropfen lautlos auf Zinkdächer, Baumkronen und die Zöpfe junger Frauen. »Ach, wenn ich doch auch die Fähigkeit besäße, aus dem Tropenhimmel zu fallen, diese Erde zu berühren und in sie einzudringen!«, dachte ich. Ein letztes Mal streifte ich durch die Straßen, um Abschied von der Stadt zu nehmen, fest entschlossen, alles hinter mir zu lassen. In meiner Hemdtasche trug ich den Pass einer zweiten Heimat und auf den Schultern einen schwarzen Rucksack. Dieser war mit Schlössern und Gurten gesichert, darin steckten nämlich meine akademischen Zeugnisse, Fotos von Orten und Freunden sowie ein paar eilig hineingestopfte Kleidungsstücke. Mein Gepäck war so leicht, als wäre ich nur zu einem Verwandtenbesuch im nächsten Dorf unterwegs. Mein Kopf aber wog so schwer von Sorgen und Zorn, dass ich ihn kaum tragen konnte.

Einst war ich als jugendlicher Schwärmer losgezogen und hatte es als illegaler Migrant in die Erste Welt geschafft. Ich war hartnäckig und fleißig, und irgendwann hielt ich meinen neuen Pass in Händen. Endlich war ich, zumindest offiziell, ein Bürger jenes Landes geworden. Ich erwarb Qualifikationen, erlernte mehrere Handwerke und Sprachen. Mit Träumen gewappnet befolgte ich Regeln, die ganz anders waren als die meiner Heimat. Jene wiederum kamen mir bereits jetzt, während meiner Rückreise über viele Meere, seltsam vor.

Mein Land war vor wenigen Jahren unabhängig geworden. Ich hatte nur eine unklare Vorstellung von ihm und kannte bloß ein paar lückenhafte, hier und da aufgeschnappte Geschichten. Dennoch war ich fröhlich, selbstbewusst und stolz, bald wieder in meiner Heimat zu sein, die angeblich heldenhaft Geschichte geschrieben hatte. Ich war nicht dabei gewesen, doch ich wusste nur zu gut, dass meine Landsleute mit dem Verlust von Hab und Gut und Angehörigen einen hohen Preis für die Freiheit bezahlt hatten.

Während ich zwischen Himmel und Erde schwebte, zählte ich die Stunden und Minuten bis zum Wiedersehen mit meiner Familie. Meinen Vater hatte ich zuletzt als Jugendlicher gesehen. Auch er hatte sich, so hieß es, an der Revolution beteiligt. Mein Bild von ihm verschwamm mit den Gesichtern von Vätern in Filmen, die ich gesehen, und in Romanen, die ich gelesen hatte. Ich freute mich auch auf meine Mutter. Dass ihr Jüngster als Halbwüchsiger fortgegangen war, hatte ihr das Herz gebrochen. Seither jagte sie Neuigkeiten über mich hinterher, es war das Einzige, was ihr von mir blieb. Ich sehnte mich auch nach meinen Geschwistern, die mittlerweile Familien gegründet hatten und deren zahlreiche Kinder meiner Mutter zur Last fielen.

Als die Stewardess klangvoll unsere baldige Landung ankündigte, sah ich aus dem Fenster, drückte die Stirn an die Scheibe und eilte dem Flugzeug mit dem Blick zum Erdboden voraus: Bäume, so weit das Auge reichte, ein grünes Meer, durch das sich der Nil wie eine Wüstenschlange wand, wie eine Ader, die sich auf der Haut der Erde abzeichnete. Nach und nach wurden Häuser erkennbar. Ihre Zinkdächer reflektierten die Sonne wie von Kinderhand verstreute Spiegelscherben, sandten ein schelmisches Hallo gen Himmel, einen Willkommensgruß an den Heimkehrer, wenn sie blinkten.

Ich landete in einem ausufernden Dorf, das seine Straßen wie Finger in Richtung Stadt ausstreckte. Im Flughafengebäude schlug mir aus der einzigen Toilette des Airports so starker Uringestank entgegen, dass es mir Tränen in die Augen trieb. An der Gepäckausgabe fehlten die an Flughäfen üblichen Durchleuchtungsgeräte, Polizisten durchwühlten mit den Händen unsere Koffer und Taschen. Ihre Gesichtszüge waren hart, ihre Stimmen laut, ihre Worte schneidend und ihre Gesten abweisend. Nach der Kontrolle malten sie auf das jeweilige Gepäckstück mit weißer Kreide ein Symbol, das wie ein Dollarzeichen oder ein schiefer Violinschlüssel aussah. Mein Rucksack war geöffnet und sah entwürdigt aus, als ich ihn hingeworfen bekam. Mit unsicheren Händen machte ich ihn wieder zu und tröstete mich mit dem Gedanken, dass diese Grobheit Resultat eines Krieges war, der viel zu lange gedauert und die Menschen verhärtet hatte. Vielleicht knatterten ihre Stimmen deswegen wie Gewehrschüsse.

Die Stadt verschluckte mich, wenig später erdrückten mich meine Verwandten. Die Frauen tanzten und stießen Freudentriller aus, die Männer schlugen auf schwere Trommeln und Dutzende Füße ließen die Erde erbeben. Ich fühlte mich stolz wie ein König, besonders wenn junge Frauen mir schöne Worte zuriefen, als hätten sie soeben ihren Traummann gefunden. Ich umarmte meine Mutter, bis uns die Tränen kamen. Ich begrüßte meine Geschwister und ihre zahlreichen Kinder. Schon bald konnte ich mir ihre Namen und Gesichter nicht mehr merken und wusste nicht, wer zu wem gehörte.

Die nächsten Tage vergingen mit Tanz und ausgelassener Freude, es gab Schlachtfeste, Gebete und Riten, die mir fremd geworden waren und mich doch mit meiner so lange so fernen Heimat versöhnten. Nun würden mir Krankheiten nichts mehr anhaben können, ich wäre geschützt vor bösen Geistern und dem Fluch meiner Vorfahren!

Mein Vater schenkte mir ein schickes Auto, und sein Bruder kam mit einer ganzen Entourage von Bodyguards an, um mir feierlich eine Anstellung anzubieten. Ich dankte ihm und wollte ihm meine Zeugnisse zeigen, aber er hielt mich zurück und sagte: »Was für Zeugnisse, mein Junge? Wir sollten dir Zeugnis genug sein. Der Name deines Vaters gilt mehr als die Namen aller Akademien, an denen du studiert hast!« Dabei lächelte er gequält und ergänzte spöttisch, während er sich mit gespreizten Fingern voll goldglitzernder Ringe an die Brust schlug: »Weißt du denn nicht, dass wir Kämpfer waren? Komm morgen vorbei und beginne deine Arbeit!« Ich war so überrascht und erfreut wie eine Braut, die nicht zu fragen wagt, woher ihre Gäste nur all das Geld für die teuren Geschenke hergenommen haben. Ich hatte ein Auto und einen Job, was wollte ich mehr?

In der ersten Zeit spazierte ich immer wieder gerne durch die Stadt und ließ mich verzaubern; sie war seltsam, aber auf unkomplizierte Weise schön. Aus der Luft hatte sie so friedlich ausgesehen, wie sie in einen grünen Schoß inmitten von Bergen geschmiegt war. Betrat man sie, war man von Motorradgewusel und Generatorengeknatter umgeben. Sie beherbergte Angehörige unzähliger Ethnien, Menschen mit den unterschiedlichsten Gesichtszügen und Sprachen, es gab alle möglichen Speisen und Arten von Musik. Selbst an Zeitungen gab es eine große Auswahl und überall standen Kirchen. Die

Menschen waren umtriebig und liefen durcheinander, auf den Märkten wurde unablässig gekauft und verkauft. Es war einfach alles zu haben: von Secondhandkleidung und -schuhen über ausländische Flaggen, Pkw mit Automatik und Rechtslenkung bis hin zu Führungszeugnissen und Immobilien. Hier waren für Zukurzgekommene Träume erhältlich und für die, die sich wirklich alles leisten konnten, sogar Posten und Ämter.

Schon bald machte ich mich stolz und glücklich daran, meine Stelle anzutreten. Kaum hatte ich einen Fuß ins Gebäude gesetzt, umarmte mich der Mann am Empfang und stellte sich mir als »mein Bruder« vor. Er war ein Cousin väterlicherseits. Sogleich führte er mich ins Büro der Sekretärin und stellte sie mir als »meine Schwester« vor, auch sie eine Cousine. Weitere Mitarbeiter waren ein Onkel mütterlicherseits sowie eine Tante. Überhaupt hatte ich meine neuen Kolleginnen und Kollegen alle bereits bei meiner Willkommensfeier gesehen. Schließlich betrat ich das Büro meines Onkels. Ich versuchte ihm noch einmal darzulegen, was ich studiert hatte und was ich alles konnte, außerdem wollte ich in Erfahrung bringen, worin meine Arbeit im Betrieb bestand. Doch er unterbrach mich. »Das ist doch alles unwichtig«, meinte er. »Du bist hier angestellt, und damit hat sich's.«

Mir verschlug es die Sprache. Verlegen bedankte ich mich und fragte zaghaft: »Dürfte ich zumindest wissen, wie hoch mein Gehalt ist?«

Wieder konnte ich kaum zu Ende sprechen. »Du bekommst tausend plus was du möchtest«, erklärte mein Onkel. »Du bekommst dein Gehalt übrigens schon seit deiner Abreise ins Land der Weißen, es wird jeden Monat auf dein Konto einbezahlt!«

Ich hatte also die ganzen Jahre über Gehalt für einen Job bekommen, von dem ich gar nichts gewusst hatte.

Meine Arbeit bestand darin, an Sitzungen teilzunehmen, bei denen kalte und heiße Getränke gereicht wurden, in denen der ortsübliche Dialekt gesprochen wurde und die von Familienversammlungen kaum zu unterscheiden waren.

All das wurde mir schon bald unerträglich und jeder Arbeitstag wurde mir widerwärtiger als der vorige. Wenn ich am Monatsende den Umschlag mit meinem Gehalt bekam, überfiel mich Brechreiz und das Lächeln meines Onkels mit seinen vergoldeten Fingern wurde mir ein böses Omen. Das alles bedrückte mich sehr und ich blieb der Arbeit fern. Trotzdem traf mein Gehalt Monat für Monat ein, stets verpackt in ein falsches, spöttisches Grinsen.

So konnte es nicht weitergehen. Ich kündigte und baute mir mit Freunden ein eigenes Geschäft auf. Ich war mit Eifer bei der Sache und steckte meine gesamte geistige und körperliche Energie in das Projekt, nur eine Sache verdarb mir mit schöner Regelmäßigkeit die Laune: mein Gehaltsumschlag! Mal lag er auf meinem Arbeitstisch, mal im Auto, zuweilen sogar unter meinem Kopfkissen. Ich warf meinem Onkel das Geld vor die Füße, dann wieder verteilte ich es an die Armen, einmal spülte ich es sogar die Toilette hinunter. Aber es half nichts. Wenn meine Freunde über die Korruption im Land klagten, ließ ich den Kopf hängen wie eine Blume ohne Wasser.

Irgendwann nahm ich meinen schwarzen Rucksack, meinen ausländischen Pass und meine Zeugnisse. Ich wollte meinem Land und meiner Familie entfliehen, vor allem aber meinem Monatslohn.

Ein letztes Mal streifte ich durch die Straßen, um Abschied von der Stadt zu nehmen. Als ich auf einer Anhöhe um die

Ecke bog, sah ich staubbedeckte Frauen auf dem Boden hocken. Sie hatten bunte Tücher um Hüfte und Kopf gebunden und schlugen mühsam Steine klein, die sie spottbillig als Baumaterial verkauften. Ich erkundigte mich nach dem Preis, und eine Steineklopferin verkündete fröhlich: »Dreißig Pfund pro Sack! Oder auch weniger, wenn du mehrere kaufst.«

So einen Sack zu füllen, erforderte zwei oder gar drei Tage schweißtreibender Arbeit! Ich erfuhr auch, dass die meisten der Frauen ihre Männer im Krieg verloren hatten, andere hatten ihre Männer verlassen, und alle hatten hungrige Kinder zu Hause. Ich zückte den gelben Umschlag mit meinem letzten Lohn und verteilte ihn unter den Frauen, indem ich ihnen sämtliche vollen Säcke abkaufte. Dann gab ich dem Berg seine Steine zurück, wie jemand, der einen soeben geangelten Fisch wieder ins Meer zurückwirft.

Der Staub der zerkleinerten Steine und von Autos, die über ungeteerte Pisten rasten, legte sich auf meine Wimpern und Haare. Die Frauen und ich saßen noch eine Weile fröhlich zusammen, bevor sie wie Steine zu ihren Häusern hinabpurzelten. Ihr Lachen war Balsam für mein Herz, mein Zorn verrauchte. Wie ein vertriebener Mönch saß ich nun zwischen den Felsen und blickte von oben auf meine Stadt. Schön lagen die Häuser in der Ebene verstreut, ihre Dächer spiegelten die Sonne, als spielten da unten Kinder mit Spiegeln, wie um ein Lächeln in den Himmel zu schicken und die Menschen im Flugzeug zu begrüßen, genau wie sie mich bei meiner Ankunft begrüßt hatten. Die üppig grünen Bäume, das glückliche Lachen der Frauen über ein paar verdiente Pfund, all das fügte sich zu einer inneren Stimme, die mir zuflüsterte: »Bleib hier, bleib standhaft, so wie dieser Berg! Hier setzt dir die

Sonne jeden Morgen eine Krone auf und der Regen wäscht deinen Kummer fort!«

Ich zog meinen ausländischen Pass aus dem schwarzen Rucksack und legte ihn auf den Felsen, auf dem ich gesessen hatte. Als der Wind mit seinen Seiten spielte, kehrte ich ihm den Rücken. Ich wollte wie der Regen sein, der die Blätter der Bäume, die Dächer der Häuser und die Zöpfe junger Frauen benetzte.

Der Verlag dankt dem PEN-Zentrum Deutschland
für die Förderung der Übersetzung der vier Erzählungen
Hurra, ich bin tot!, *Abreise nach Kosti*, *Am Point Zero* und
Die Flucht vor dem Monatslohn.

Die Geschichte *Die Flucht vor dem Monatslohn* wurde
– in anderer Fassung – bereits vom Projekt
Weiter Schreiben der Initiative WIR MACHEN DAS
(wearedoingit e.V.) veröffentlicht.

Stella Gaitano
Endlose Tage am Point Zero. Erzählungen

Übersetzt aus dem Arabischen von Günther Orth
Lektorat: Ilse Layer
Schutzumschlag: Nach einem Gemälde von Mutaz Ali

Copyright für die deutschsprachige Ausgabe:
© 2024 by Edition Orient, Berlin
1. Auflage 2024
www.edition-orient.de

Die Geschichten entstammen den beiden Erzählbänden
Die Rückkehr (2015, العودة) und *Verwelkte Blumen* (2004, زهور ذابلة)
© 2004 und 2015 by Stella Gaitano

Druck und Bindung: CPI books GmbH, Leck

ISBN 978-3-945506-32-5